AF449684

Cieli Di Valium

di Alessio Miglietta

Seconda Edizione, 2023

Proprietà letteraria riservata

ISBN 978-88-97362-22-7

© 2011-2012 Alessio Miglietta

Sito web: cielidivalium.blogspot.it

Contatti: info.cielidivalium@gmail.com

Progetto editoriale: Alessio Miglietta

Alessio Miglietta

CIELI DI VALIUM

INTRODUZIONE

Questa è una semplice raccolta di racconti. Ma cos'è, effettivamente, questa opera? La risposta la si può trovare sin dalle primissime righe: è un cantico d'amore. Come ogni buon *concept album* che si rispetti, infatti, esiste in questa raccolta un filo che collega in modo inequivocabile ogni singola immagine, ogni singola parola. L'amore, per l'appunto. Smisurato amore per una donna, per la propria anima, per un sogno, quello del successo come scrittore, e per un'umanità per la quale l'autore si sente in dover di agire, di salvarla, nonostante il velo di odio profondo che vuol stendere su di essa per mascherarne l'affetto. Questi racconti disegnano come su una grande tela un mondo, un universo di emozioni e colori, anche se in questo caleidoscopio il colore predominante è il nero.

Una sorta di Romanticismo del ventunesimo secolo. Questo perché la ribellione e l'inquietudine dell'autore/protagonista, nonché il suo completo abbandono ai sentimenti, vengono visti in chiave moderna, cercando di analizzare il disagio interiore partendo da più punti di vista. Il tratto più interessante di quest'opera, infatti, è la capacità di immaginarsi in situazioni sempre diverse ma mai vissute realmente: il padre di una ragazza rinchiusa in un ospedale psichiatrico, un artista maledetto sulla cresta dell'onda, un impiegato trentenne contrapposto a un giovane ribelle ventenne, un pugile, un ipotetico regista, un fotografo.
Tanti piccoli universi, totalmente differenti tra loro, una frangia di individui con in comune l'amore e uno stato di disagio esistenziale che fatica a essere guarito.

In poche parole: una fitta rete di paesaggi, dove ogni sentiero pone uno specchio all'ingresso, per guardarsi dentro, con una domanda ricorrente. *Cosa vorrei, cercherei, penserei, se fossi…?*

Una di queste strade porta a Paranoia. È veramente un posto

splendido in cui vivere. È un'isola al centro dell'anima, bagnata dai mari della Follia e della Paura, che proteggono le sue coste vaporose e frastagliate. C'è un arcobaleno in lontananza, quasi fosse parte delle montagne innevate che attraversano l'isola, guardandola dall'alto. I suoi colori sono verde, indaco, nero, viola e oro. Paranoia sarebbe il luogo ideale per ogni artista, per attuare l'opera della vita.

Paranoia estende i suoi confini lungo questi mari del nord, in perfetta autonomia e solitudine. È in luogo ideale in cui nascondersi, senza lasciar traccia.

Il mio cuore ha odore di naftalina, il cervello di motore bruciato, gli occhi sono rossi d'insonnia e la bocca nera di caffè. Sono una fabbrica di pensieri, ma qualcosa ha mandato in tilt la catena di montaggio, forse qualche parola di troppo. Io non parlo molto, preferisco pensare, e spesso non agire. Ho pensato spesso di fare il regista, perché la mia immaginazione mi spinge sempre oltre la soglia del classico vivere di ogni uomo e donna. Creo dei film tanto complessi nella mia testa che sbancherei i botteghini, e sarei un candidato ideale agli Oscar.

Tempo fa amavo fare lunghe passeggiate nei boschi, quelli dalle macchie più fitte, quelli in cui perdersi per l'eternità. Passeggiare mi permetteva di schiarire i pensieri, aspirando la nebbia più fitta. In un verde infinito (colore che cela serenità, speranza) era racchiusa tutta la mia libertà, un'equazione con tante variabili e nessuna soluzione, un romanzo senza trama, un volo senza cielo, un cuore senza sangue.

In quei boschi, però, i miei maledetti film avevano un finale, talvolta lieto, i miei abissi trovavano un fondale, i miei universi lasciavano spazio a qualche costellazione in più.

Poi mi sono dovuto trasferire con la mia famiglia, e da allora vivo in città, addio alle foreste e alle mie camminate. Paranoia, invece, è immersa nella natura, e benedico il giorno che ho raccolto le mie cose per venire a nascondermi qui.

Talvolta la paura di essere ritrovato mi prende alle spalle, ma dopotutto nessuno ha mai intrapreso una strada per me, nessuno mi ha mai dimostrato amore, pertanto è piuttosto stupido continuare a preoccuparsi. Di una cosa sono certo, nonostante tutto. Non tornerò mai più in città. Non vivo, almeno.

Ognuno è appeso a un sottile filo di libertà, io posso danzare su quel filo, che è il mio, rischiando di cadere ogni volta che muovo i miei passi spaventati e sconclusionati. Non ho equilibrio, e crollo.

Precipito in un baratro diverso una volta al dì, come fosse una metanfetamina da prendere per continuare a vedere i parchi e il mare di Paranoia, ma so perfettamente di quanto sia vera quest'isola incontaminata.

Il mio dottore non mi prescrive alcun sonnifero, né tranquillante, in quanto troppo impegnato a seguire il protocollo e a prendere soldi da chi ha bisogno di certificati medici falsi. Credo che ce l'abbia con me, probabilmente perché non ho mai tentato di corromperlo.

Tutti ce l'hanno con me, per il mio non avere equilibrio. Per il mio essere diverso. A Paranoia non funziona così, perché io sono il Principe. Sua Maestà il Principe, per l'esattezza.

Tutto questo mi fa provare dolore, mi fa invecchiare precocemente, nonostante a Paranoia il tempo vada a velocità rallentata, mi fa cadere dal filo di libertà della mia vita, sanguinando dalle mani e dalla bocca, nera di caffè. Non ho equilibrio, e soffro.

Sono un giorno senza data, un transito nell'imbrunire, una batteria esausta, un paio di occhiali dalle lenti infrante, sono carceriere e prigioniero di me stesso, una bottiglia lasciata in mare senza un messaggio d'aiuto da far leggere.

Nessuno può aiutarmi, perché pensano tutti a farmi precipitare in un baratro diverso, una volta al dì, pronti a godersi uno spettacolo in cui grondo lacrime e sangue. Anche il mio medico è in prima fila, e non mi prescrive alcun sonnifero, né tranquillante.

Non ho equilibrio, e vorrei diventare insensibile al dolore.

Soprattutto qui, a Paranoia, dove imperversa la maledizione di un terremoto al giorno. Nella grande metropoli non è così, ma di una cosa sono certo, nonostante tutto. Non tornerò mai più in città. Non vivo, almeno.

Perché ognuno di noi vive in bilico, questo è un dato di fatto. Non sempre è semplice individuare il miglior tipo di equilibrio. È il sogno di chiunque, un essere umano spesso basa la sua esistenza su questo, da dizionario l'equilibrio è lo stato di un sistema nel quale non intervengono cambiamenti di qualsivoglia natura, se non per cause esterne; stabilità; situazione in cui nessun elemento prevale sugli altri; senso della misura, capacità di valutare ed esistere senza paure, obiettivamente. Ma spesso è un'utopia.

C'è chi impara in fretta, e acquisisce nozioni e campanelli d'allarme nuovi di zecca per non ripetere più gli errori, ed è il maggior pregio di noi uomini, e c'è chi rimane in bilico, senza sapere come fare, senza avanzare né retrocedere. In bilico, con il vuoto sotto i piedi. E mentre si cammina su quella fottuta corda – che poi è la vita – è davvero difficile evitare di guardare giù, farsi prendere dalle vertigini, trattenere il respiro e proseguire, passo dopo passo.

Mentre attraversiamo quel pezzo di assoluta instabilità, ci rendiamo conto di quanto siamo piccoli, in confronto alle meraviglie del mondo, ma soprattutto di quanto possiamo essere grandi, per stringerlo tra le nostre mani. Questo però è un discorso da fare in prospettiva, in caso contrario saremmo degli assoluti arroganti. E purtroppo lo siamo, è il peggior difetto di noi uomini.

Così, mentre si cammina su quella fottuta corda – che poi è la vita – è davvero difficile mantenere la lucidità, bisogna essere dei professionisti, a volte mi chiedo se sia semplicemente una questione di fortuna o di abilità, anche perché se si cade bisogna essere capaci di limitare i danni, e attutire la caduta. Non tutti ne sono in grado.

C'è chi cade in piedi, fregandosene. Quelli sono i superficiali, e di solito nelle società moderne molto prossime alla credenza della fine del mondo nel 2012, con la loro estraneità ai problemi e la mediocrità del loro pensiero, hanno lunga vita. C'è invece chi cade tentando in tutti i modi di mantenersi in volo, ma non siamo uccelli, e non siamo nati per volare, perciò si sprofonda, si precipita rovinosamente al suolo. Quelli sono i sognatori, come me, la categoria di persone messa alla berlina in un mondo che non sogna più.

Trovare l'equilibrio è molto più complicato di quel che si pensi, non è così difficile cadere dalla corda, a volte la vita è così frustrante e ingiusta che sarebbe bello farsi abbracciare da quel vuoto che ci sta sotto i piedi, e che non aspetta altro se non inghiottirci, come una fiera affamata.

Non abbiamo margine di errore, se cadi giù sei finito, fregato, non esisti più, non c'è nessuna rete di protezione sotto la nostra corda, e non abbiamo neanche il modo di poterci allenare un po' su delle altre, perché ognuno conserva la sua per la vita, e deve farsi trovare pronto. Subito. Per questo dico che a volte la vita è roba per professionisti. E l'equilibrista non è da meno. È un libero professionista.

E sfida la gravità, tra empirei tempestosi. I *Cieli di Valium*.

Buona lettura.

Alessio Miglietta

FOLLIA A DUE

Bevo birra e ti guardo, senza farmi scoprire. Tu non te ne accorgi, o forse fai finta di non farlo, e a volte ricambi, ma siamo in mezzo ad altri e non so quanto sarebbe una buona idea.

Ti guardo ancora, come per studiarti.

Ti guardo e viaggio con la fantasia.

La serata scorre tra risate e falso buonismo, tra chiacchiere e quesiti sulle capitali di tutto il mondo, ma io e te non parliamo, sembriamo su un altro pianeta, l'uno opposto all'altro, anche al tavolo siamo lontani.

Lì, fuori dal locale, fa freddo, ma spesso esco a fumare, e mentre parlo con un compagno di nicotina penso a te. Come se ancora ti guardassi.

Negli occhi.

Nell'anima.

Sei un po' sulle tue stasera, guardi spesso il telefono in attesa di un messaggio che non arriva mai, da parte della tua nuova conquista sconclusionata, e io mi incazzo, perché ho sprecato milioni di occasioni senza aver mai provato a stringerti a me.

A volte credo anche che ci sarei riuscito, come si fa con uno stato straniero, basta perseverare, che alla fin fine, è diabolico. E io sono il diavolo, e l'acqua santa, muto facilmente.

Passano i minuti.

Passa mezzora.

Passa un'ora.

Tutto gira per il verso giusto, anzi rigira, come in un circolo vizioso, e il tempo vola.

Io e te non parliamo, ma ci guardiamo come se volessimo saltarci addosso, per imbrattare la tela dell'estraneità che il destino ci ha lasciato sulle spalle, bianca come neve.

Bianca come la rosa che ti regalai anni fa.

Ti amavo davvero, amica mia.

Non è mai stato un gioco, fra me e te.

Ma forse non è mai stato amore.

È stata una follia a due, che ha invaso ogni angolo di quella tela. Ci siamo baciati molte volte, e ogni volta la ricordo come fosse ieri, e stasera sembra un po' una fusione delle nostre sere senza fare l'amore.

Sei bellissima.

Continuo a bere la mia birra, nella luce soffusa del locale.

Brindo a te, tra tutti i miei pensieri tramontati.

Passano altri minuti.

Passa un'altra mezzora.

Passa un'altra ora, ed è tempo di tornare a casa, domani ci si alza presto.

Tu siedi a fianco a me nella macchina, mi cerchi con la mano, e io mi blocco, come un bambino beccato a curiosare in un giardino di estranei.

Mi guardi. Ti sorrido.

Stavolta mi hai scoperto.

Mi accarezzi il viso, nascosto nei pensieri, mi viene voglia di te, dio, non sai che darei per averti stanotte. Ma è ora di scendere, per te, di salutarmi, di salutarci, in un preludio di nebbia interna che la birra ama creare, quasi fosse la dea dei sesti sensi. Ti guardo, un'ultima volta.

Mi chiedo quando ti rivedrò, la prossima sera, perché sono sicuro che ci sarà, una prossima occasione, un'altra sera per noi. Senza fare l'amore. Un'altra occasione.

A volte è tutto quello che chiedo.

IL REGISTA

Sono un genio, a mio modo. Fantasticare situazioni è la mia specialità.

Immagino situazioni, ne disegno i contorni, li coloro con tempere vive, li arredo, creo scenari artificiali come laghi, e sono splendidi, abitabili, tanto comodi da potersi perdere al loro interno.

In quelle situazioni vivo la vita che vorrei, quella che non ho mai vissuto, quella che mi aspetto, forse la vita che mi attende al varco dei miei trent'anni.

A volte la vedo la mia vita, mentre mi spia dall'orizzonte opposto al mio.

Danzammo in due, tempo fa, lo ricordo come fosse ieri, poi ci lasciammo inavvertitamente, sotto una pioggia impercettibile, talmente sottile da sembrare una paura in disuso.

Per questo ce l'ho con me stesso, non certo con lei, o forse un po' sì, perché mi ha lasciato da solo a combattere. Separati in casa.

Ma torniamo ai miei scenari. Li mescolo alla realtà, trovando un effetto fantastico di magie, sensazioni ed elucubrazioni degne di nota, meravigliose sfumature fatte a mano.

Ogni cosa appare diversa da quelle parti, e io non sono da meno, perché la mia immagine è la stessa, ma sembra migliore, la mia versione supersonica, vedo altre mani, altri occhi, altre fantasie che corrono a perdifiato nei meandri della mia mente.

Sono un genio perché riesco a legare i due mondi, fantasia e realtà, creando un unico, splendido nuovo prototipo di *Eden*, dove un me perfetto si insinua in un mondo perfetto, nella cornice di un giorno perfetto, vedendo all'orizzonte una donna perfetta.

Ogni elemento si muove in sincronia con l'altro, tutto gira alla perfezione, come una galassia in miniatura. Solamente un dettaglio sceglie la strada di una fatiscente rivoluzione.

La mia vita.

Continua a guardarmi dall'orizzonte opposto al mio, dal cannocchiale del rimprovero, e sembra sorridere con vena sadica, la cosa mi infastidisce un po', inizio a sentir freddo.

Prendo la mia borsa, tenendola stretta come se dovessi partire stasera stessa, in cerca di qualcosa con cui coprirmi. Il freddo punge la mia pelle e ho portato davvero poche cose con me.

Vediamo. *Fragilità ... perseveranza ... indipendenza ... ricordi* (potrebbero andar bene) *... magia ... sogni ... dolcezza ... arroganza ... immagini ... fantasie ... nuvole di pioggia ... vino rosso ... odio ... sospiri ... sorrisi ...* Maledizione. Non ci siamo, ho bisogno di qualcosa di più pesante.

Un buon libro ... tradimenti ... paure ... spazzolino da denti ... altri sogni ... emozioni ... buio ... speranze ... speranze.

Ecco, finalmente, ho trovato ciò che fa al caso mio. Speranze.

Le cose più utili sono sempre nel fondo delle valige. Speranze.

Pesanti e morbide, in grado di proteggermi con le loro fibre spesse contro il freddo che ho fatto entrare in questa scena, o che forse è capitato.

Perché alle volte entrano anche elementi esterni ai miei voleri, a bruciapelo, ma forse è giusto così, non sono ancora così insofferente verso il libero arbitrio.

Mi guarda ancora la mia vita, ma non sa che sto andando a riprenderla, non teme un bel niente, la signora. Siamo simili, dopotutto.

Sembra un film, mi piace pensare che lo sia, e che io abbia il ruolo del regista che sceglie di iniziare a tagliare qualche scena, e cestinare, cestinare, cestinare. L'imperativo è tenere l'essenziale, nient'altro, perché l'essenza ci può ricondurre all'anima.

È quella la strada giusta, e già me la immagino nei miei scenari, un po' sterrata, deserta, con grandi cartelli che nessuno legge mai, come in quelle immense strade che attraversano le contee del Nord America.

L'essenza potrebbe essere il metodo ideale per abbattere un po' dei chilometri che ci separano dalle nostre vere vite, ma bisogna stare attenti, perché a volte si nascondono davvero bene.

Forse troppo.

STRADE

Guardo fisso in questo specchio, che porta in dote il mio riflesso migliore, mentre l'oblio mi avvolge. Era ora.

Ho passato un bel po' di tempo a ricordare, forse troppo, nomi, volti, giorni di un calendario, bugie, amicizie e indovinelli, scene di film, poesie e canzoni, pratiche da sbrigare.

Ma sulle strade ho sempre avuto dei vuoti di memoria. Strade.

Strade che non sono solo strade, ma anche pezzi di realtà, alla quale ho sempre preferito l'esistenza.

Usare altro al di fuori degli occhi per guardare in profondità, è sempre stato il mio imperativo, collezionando follie, e dolore.

Ho capito di aver paura di soffrire, finendo per non godere più di niente, non un dettaglio, al quale potermi aggrappare. Eppure, per una vita intera, non ho mai avuto paura di cadere, ma solo di non volare come volevo. Strade.

Strade che mi portano lontano, che tracciano i confini della mia vita. Strade verso donne, sogni, stati d'animo, scelte azzardate, battiti del cuore più o meno martellanti.

Accendo una sigaretta, nervosamente, in balìa degli eventi e dell'assenza di lei, chiudo gli occhi e cerco di ripercorrere la strada che porta a lei, a tutta velocità.

Stiro le marce con forza, ma la strada è sterrata, e alzo un bel polverone, i ricordi si annebbiano, e la strada insieme a loro. Non è certo una novità.

Vedo una casa in riva al mare, in cima a una scogliera che dà le spalle alla città, scorgo l'oceano calmo, che infonde serenità e sicurezza anche quando la vita non va.

È una vera magia, la nostra casa in riva al mare.

La polvere si posa a terra, e posso vedere la riva sgombra, in una giornata senza vento, con il sole alto a colorare una poesia sognante e distesa. Ma non lo è, perché lei non tornerà.

Fondali di addio, strade diverse. Fuoco che brucia, anime che si allontanano. Strade diverse, e lei ha già scelto la sua.

Apro gli occhi, e la sigaretta arde, portando via con sé tutti i miei ricordi migliori, sembra incendiarli all'istante, perché quando un amore finisce è difficile aggrapparsi alle cose belle, porterebbe troppo rimpianto.

Ecco, quella è una delle strade che non scordo mai.

In questi casi una punta d'odio e un'iniezione di rabbia sono un ottimo anestetico, per dimenticare le strade più buie e pericolose.

Collezionando follie e dolore mentre l'oblio mi avvolge. Era ora.

In ogni momento delle mie giornate da adolescente, come un bambino volevo raccogliermi tra le sue braccia, e addormentarmi accarezzato dal suo sorriso.

Ricordo le sue mani che, come fiori appena nati, mi proteggevano dolcemente, e i suoi occhi che sensuali leggevano nei miei pensieri, almeno fino a dove dovevo farla arrivare.

La sogno ancora, e sogno di noi, di quando questi occhi sono stati stregati dai suoi, e di quando inconsciamente mi sono innamorato di lei.

È bastato osservare il suo viso, la sua tenerezza, e la sua femminilità, che sono riusciti a farmi vivere ancora, regalandomi un fuoco per sognare come mai avevo fatto prima.

Mi rendevo conto ogni giorno che era soltanto lei che desideravo, non sapendo che lei fosse già immersa in me, che fosse la sola meravigliosa cosa di cui avessi davvero bisogno. Le avrei donato l'anima.

Ero un morbido foglio bianco che voleva su di sé le dita della sua scrittrice, per comporre insieme poesie e canzoni sotto la luce della luna più rossa e timida.

Il mio cuore era una tela immacolata sulla quale era dipinto il suo volto, sarebbe ancora bello osservarla in silenzio. Non mi resta che una foto.

Quando il romantico crepuscolo lasciava spazio alla notte, avevo paura di chiudere gli occhi e di addormentarmi senza di lei, senza poterla abbracciare e dirle parole di miele, darle la buonanotte, lasciarla essere l'epilogo di ogni giornata e il preludio di quella successiva.

Spesso mi viene in mente il giorno in cui ci siamo visti per la prima volta, quei suoi capelli color ebano, lunghissimi e profumati, quegli occhi scuri in cui annegare felici.

Rimasi spiazzato, rapito, e già dal primo istante non ho più saputo vedere altra donna che lei.

Ogni volta che il destino ci avvicinava, lei avrebbe potuto fare qualunque cosa di me, facendomi innamorare ogni volta di più in un modo tanto dolce quanto crudele, forse perché angelicamente inconsapevole.

Soffrivo per lei, perché la amavo follemente.

Tutto quello che provavo per lei forse è ancora qui, dentro il mio cuore, forte come roccia ma impolverato dai ricordi, e da anni troppo lunghi e tortuosi.

Vivevo della sua luce riflessa su di me, immaginavo le sue labbra che non smettevano di baciarmi, i suoi occhi di sorridermi, i suoi capelli di seta intenti a inebriarmi di buono.

La amavo davvero, e probabilmente la amo ancora.

Così sogno di me, di lei e di noi, di quando questi occhi afflitti sono stati solo suoi, e di quando inconsciamente mi sono innamorato di lei, la donna dei sogni, amica e amante di ogni pensiero, gesto o parola. Non mi restava che dirglielo. Non mi restava che scriverlo.

Pensieri nitidi, ricordi illuminati da una candela.

Non ne avevo mai parlato, per non guardare in faccia la realtà. Ma è accaduto ora, spontaneità passata di un fiore che sbocciava nella mia primavera, lei era ossigeno per la mia felicità saltuaria, con un bacio le mie emozioni avrebbero preso il volo, insieme al sopravvento.

Lei era bellezza, dolcezza, languida sensualità, un insulto al mio dolore.

Lei era particolare ma non lo sapeva, come ognuno di noi aveva bisogno degli altri, ma lo ha sempre fatto brillando di luce propria, senza aver paura di niente.

E lei, con un sorriso, è in grado di rendere il cielo più bello.

Ora lei sarà sicuramente ancora più stupenda, intrigante, sognatrice, forse ogni tanto pensa ancora a me, magari un giorno mi chiederà di rivederci e di stare un po' insieme davanti a una cioccolata calda. E conoscerà ancora i miei pensieri, fragranti e trasparenti per lei, diventando musica.

Tutto questo è un'autodifesa, lo so, vorrei non averla mai persa, che sia fra cielo e terra o nel buio di uno sguardo fatale, ma non riesco più a sfiorare l'impresa di poter volare con lei, accendendo la mia anima con il combustibile del cuore, l'amore.

Siamo come il giorno e la notte, artefici di un'interminabile corsa, senza un perché.

Un giorno forse ci ritroveremo, e sarà per sempre.

LA BALLATA ROCK

Rimpianto.

Eppure mi sento sensibile a lei così come lo sono al suono del violino in una ballata rock.

Quel violino è lei, velluto angelico che si infrange sulle mie eclissi, rifrangendogli contro la mia luce perduta.

Ascolto il mare, la più bella ballata rock mai scritta dalla natura, fusione sublime di poesia, chitarre invisibili, di orchestre, e percussioni sulle rive. Sorrido, assuefatto.

Ascolto il mare e mi distendo sulla sabbia morbida.

Guardo il cielo, e sembra primavera, posso chiudere gli occhi e volare con la fantasia.

Penso a lei, e il mio sorriso si ritrae, ferito.

L'ho persa nei miei giorni, l'ho persa nei miei desideri inesplosi, l'ho persa, e tanto basta a rendermi un'incognita che cammina, respira, fuma troppe sigarette, e che poi, d'un tratto, troppo spesso si ferma. A pensare a lei.

Il tempo scorre, e ci allontana, l'ha sempre fatto, anche nei miei sogni, come se avesse una fottuta fretta di riaverla, ma sappiamo entrambi quanto lei sia mia, non del tempo.

A volte, la notte rappresenta un brivido infinito per me, e lei si affaccia al confine del regno di Morfeo, facendomi perdere il gusto del sonno.

Passo molte lune a pensare a lei, a come sarebbe rivederla, riaverla, sentire il suo profumo, ammirare il suo sarcasmo così vicino al mio, sorridere insieme, con gli occhi, senza avventurarsi in discorsi d'amore troppo banali.

Lei non è mai stata banale, si veste di nero e ama i poeti, i cantautori e gli anni '70, la sua fantasia vola come un aquilone, ma soprattutto ha sempre avuto un sorriso per me.

Il nostro amore era grande, grande davvero, elegante e sottile, ma forse troppo acerbo, era questo il suo limite. E i limiti non ci sono mai andati a genio.

Mi chiedo spesso se dopo questo tempo passato e annodato come una cravatta, saremmo mai capaci di creare di nuovo quella stessa magia.

Istintivamente sono sicuro di sì, magari con fare molto meno altalenante.

Rimango disteso su questa sabbia, umida come una nuvola, e scivola il tramonto sui miei pensieri morbidi. Il sole è scappato via, e compare la luna.

Penso a voce alta, contro il mare, come se parlassi a lei.

È il tuo momento amore mio, la scena è tutta tua.

Incantami ancora e non fermarti stavolta, perché ho voglia di contatto, abbracciami, accarezzami, affievolisci il mio tramonto su di te, succhia la mia energia, il mio tempo, il mio tormento, la mia ostinazione a sbagliare strada. Sorridimi.

Liberami dai miei veleni, e amami, potrei ancora aver bisogno di te, dimmi che rifaresti ogni cosa, e che sono ancora parte di te. Sorridimi.

Portami sull'orlo del mondo e facciamo l'amore lì, come fosse quel parco, dove ci siamo amati, dove ci siamo fatti delle foto, pezzi di noi, su quella panchina, dove ci siamo scambiati un bacio lungo un giorno, promesse, parole, sogni. E amore.

È l'ultimo dei sogni che mi resta, ed è come se fosse una farfalla che mi gira intorno, come se tu fossi sempre qui, vicino a me.

A sorridermi, a proteggermi. A incantarmi.

E poi silenzio, semplicemente. Strade lontane. Cuori accesi.

Luci ferme. Parole nella notte. Cieli neri, vetri infranti e candele.

Emozioni e paure di vento trasparente.

Che sfiora i suoi capelli sul mio petto, e dentro in fondo vive lei, c'è lei, esiste lei, appartiene lei, proprio al centro del cuore, e fiorisce come un'orchidea, come un verso in cerca di poesia.

Ascolto il mare, e mi parla di lei, la più bella ballata rock di tutta la mia vita, melodia che ho accarezzato, stretto a me, ammirato, fusione sublime di sguardi, libertà, chitarre invisibili e percussioni sul ventre.

Proprio come il mare, che spazza via la noia e la voglia di sentirsi inutili.

Lei è il mare per me, e la cerco aldilà dell'orizzonte per ammirarla, quasi fosse un tramonto nuovo, profumato di estasi.

Ma l'estasi è lontana, e lei ancor di più.

Sole e Luna, amanti eterni. Dannatamente incompatibili.

Ma ascolto il mare, senza fermarmi, non mi resta che quello per tenerla vicina.

IL PAESE DELLE MERAVIGLIE

Mi immagino famoso, e non mi succede spesso, ultimamente.

Mi immagino famoso, sull'onda più alta del successo, dopo aver venduto cinquanta milioni di copie, o giù di lì, del mio primo libro, dopo essere diventato un'icona culturale e mediatica, dopo aver creato la prima vera *febbre da star* dai tempi dei Beatles.

Mi affaccio alla finestra della mia camera d'albergo, vestito di una camicia da notte di seta grigio perla, in preda a una strana sensazione di nausea e sonnolenza, forse causata dall'abuso di vino rosso della sera precedente.

Ho bisogno di farmi pungere il viso e la pelle dal freddo mattutino, per svegliarmi e ritemprarmi, dal momento che delle mie ore precedenti non ricordo un'accidenti di niente.

Nel sentire un languido movimento tra le lenzuola pallide e stropicciate mi accorgo di non esser solo, e noto dei riccioli castani insinuarsi tra i cuscini del mio letto.

È una ragazza molto graziosa, spoglia del trucco e della sua sottoveste, la sveglio e le do il buongiorno, chiedendole il suo nome.

Un suo breve sussulto di disorientamento è accompagnato da uno sguardo di gioia che mi lascia piacevolmente sorpreso.

Si chiama Iris, come uno tra i fiori più belli conosciuti all'occhio umano, e lei non è da meno.

La invito a far colazione insieme, con l'intento secondario di capire come sia finita nella mia stanza, e lei accetta, con un sorriso splendente.

Mi dice di aver bisogno di una doccia prima, e la prego di accomodarsi, con il fare di un conte, i soldi non hanno comprato anche le mie buone maniere, dopotutto.

Il tempo di una telefonata alla reception e di fumare una sigaretta guardando il sole già alto dalla finestra, e sento i tre colpetti di una mano guantata alla porta, del servizio in camera.

Iris esce dalla doccia con i capelli lunghissimi ancora umidi, si infila in un accappatoio bianco mostrandosi la schiena nuda, e mi ringrazia della colazione.

Iniziamo a parlare amabilmente.

Sembra una ragazza molto timida, nonostante l'atteggiamento elegantemente ambiguo, ma la sua bellezza sopperisce a questo piccolo difetto caratteriale. Mi dice di essere una studentessa universitaria prossima alla laurea in lettere moderne, mi confessa di essere una mia fan, di aver perso la ragione per il protagonista del mio libro (che in realtà sarei io), e del mio stile di scrittura così poco convenzionale. Dice che non si sarebbe mai aspettata un successo talmente violento e improvviso della mia prima pubblicazione, non essendo un'opera di facile catalogazione, ma che le fa senza dubbio piacere vedermi sulle prime pagine dei giornali, sui manifesti lungo le strade e nelle metropolitane, e sulle maggiori riviste del settore.

Accenno un sorriso, accompagnando i suoi complimenti tanto graditi quanto sinceri, ma dentro di me ricordo ancora i giorni successivi alla mia nomina come *personaggio letterario dell'anno*, e come fenomeno di merchandising degli ultimi cinquant'anni, con tanto di serata di gala trasmessa in tutte le televisioni, nazionali e non.

Ricordo quando la gente è iniziata a restare di sale al mio passaggio, o a toccarmi come fossi un messia del cazzo, quando i flash dei fotografi illuminavano la notte, o quando vedevo (e vedo tuttora) ragazze apparentemente intelligenti strapparsi i capelli e le corde vocali, quando non si sentivano groupies.

Molto prima di tutto questo io lo sognavo un futuro così, convinto che fosse la vita che avrei sempre voluto vivere, per sempre. Per sempre. E sempre. Sembrano mille anni fa.

Ora mi ritrovo ricco, famoso e affermato, in uno strano limbo in cui firmare autografi, in compagnia di una delle tante ragazze splendide che allietano le mie tournee in giro per l'Italia e l'Europa, e provo noia, di primo livello.

Chiedo a Iris di smetterla con i convenevoli, e le chiedo cosa ricorda della scorsa notte. Lei mi parla di fiumi di champagne dopo una conferenza stampa alla quale ero stato invitato (e obbligato ad andare dal mio editore), che lei era lì a prendere appunti per la sua tesi, mi parla del nostro incontro non troppo fortuito, e di ottimo sesso per tutta la notte.

Sorriso. Imbarazzato, per così dire.

Le confesso di non ricordare nulla di tutto questo, e così lei si spoglia, cercandomi con gli occhi, entrandomi negli occhi, aprendo le gambe di fronte a me, facendo svanire la sua timidezza e la mia voglia di fare domande ormai inutili.

E la prendo, stavolta lucido e aggressivo, cadendo su di lei, penetrandola.

Stringo i suoi seni morbidi con entrambe le mani, pentendomi di aver perso il ricordo di una sensazione tanto densa e calda, avvolgente e vellutata. La sento gridare, con il suo miele che mi invade, e la prendo per i capelli, raggiungendo l'estasi che da tempo attendevo.

Lei mi abbraccia e mi bacia le labbra, poi il petto e le mani, con lo sguardo luminoso, ma in un momento del tutto inaspettato, le chiedo di rivestirsi e di andarsene immediatamente, ringraziandola del brivido che mi ha donato pocanzi.

Mi guarda negli occhi, sull'orlo del pianto, ancora arrossata di piacere, ma non me ne curo (come invece avrei fatto in passato), e lei se ne va, dopo aver preso la borsa e pochi abiti, sbattendosi dietro la porta, con le labbra cremisi vogliose di urlarmi *stronzo, bastardo, figlio di puttana, ecc.*

Un mio amico mi diceva sempre *tratta le donne da principesse e sarai re*, ne ero convinto anch'io.

Ma ora che ho tutto, cos'è che può ancora accendere la mia fantasia, le mie emozioni? Su cos'altro non sarei in grado di regnare?

Sono ambito e rispettato, amato dal pubblico e venerato dalla critica, invidiato dagli uomini, desiderato dalle donne, idolatrato dagli adolescenti, riesco a gestire il mio successo senza morirne, esserne schiacciato o divenirne schiavo, cosa potrei volere di più?

Apparentemente non ho più bisogno delle persone, quasi quanto prima. Ma già dopo due anni di follie e di inversione delle attitudini, il gioco sembra avermi stancato, e non riesco più a sognare, è questo il punto. Punto critico. Punto e basta.

Basta uno schiocco di dita e ogni mio fottuto desiderio viene esaudito, anche il più assurdo.

Ogni cosa è diventata ovvia, routinaria, e la mancanza di adrenalina è il mio vero credo, il mio presente, così proprio ora che riapro gli occhi in questa stanza d'albergo, da solo e senza più Iris, mi accorgo del mio cambiamento.

Non c'è più spazio neanche per quel velo di malinconia che mi accompagnava fedele quando buttavo giù le mie prime bozze, quando il mio impero era appena un pezzo di terra arido, quando credevo di poter essere felice con il solo combustibile della brama di successo. Illusioni.

Quel combustibile va miscelato alla continuità. E non tutti sono così disturbati da volerlo sul serio.

Sono stranamente rilassato, e la neve inizia a fioccare sulle strade sporche di città che solo Milano crede di possedere.

C'è un fiore sulla tavola, avvolto da un'ampolla di cristallo di Boemia, e lo osservo, lo vedo seccarsi ora dopo ora, perdere un petalo dietro l'altro e il primordiale vigore erettile, tanto da sembrare una parabola. C'è un fiore, e mi guarda indifferente. È proprio un'iris, e in questi giorni passati qui non gli ho mai dato acqua, né la possibilità di sopravvivere al mio contatto.

Proprio come ho fatto con la donna che ho cacciato dal mio letto poco tempo fa, neanche fossi Dio con Eva. È questo il prezzo da pagare, per di più in modo consapevole?

Sono un'ombra che tutti cercano di prendere, che tutti vogliono indossare, ma non è altro che la loro immagine riflessa sui muri o sui vetri, non la mia.

Vado in bagno, mi lavo la faccia senza guardarmi allo specchio, non voglio vedere ciò che sono diventato, mi farebbe del male, in fondo in altri contesti mi additerebbero alla pari di un omicida.

Ero un Poeta Maledetto, ora sono un Maledetto senz'anima.

Una volta non era così, io non ero così, ma il mio sogno più grande si è avverato, si è fatto prendere, mi ha teso la trappola, e mi ha violentato.

Sono ormai le sette del pomeriggio, ma non oso uscire per timore che la gente mi riconosca, mi ami, senza prestare attenzione al mio amletico dubbio. Non voglio accendere la televisione, né la radio, né sfogliare un quotidiano (lasciato ogni mattina dagli addetti dell'hotel alla porta della mia stanza), per sentire o vedere il mio nome sulla bocca di tutti. Il mio viso negli occhi di tutti.

Il mio cuore, se ancora posso chiamarlo così, tra le mani di tutti.

È l'altro lato del successo, ladies and gentlemen, quando la fama non brucia il cervello con le droghe o l'arroganza costruita, ma con i rimpianti, primo fra tutti quello di non aver sognato abbastanza, o non troppo a lungo, di non essere stato più forte di me stesso, la mia metà morale.

Ripenso a mio padre e mia madre, che ho mandato al diavolo in concomitanza del mio primo contratto editoriale milionario, una scelta dettata dalla rabbia di non averli mai avuti vicini, quando il bisogno di loro gridava dal mio interno.

Penso alla mia vecchia vita, che un po' mi manca, con la birra, i pub negli angoli lato finestrino, le sigarette in compagnia, i segreti, con i miei fratelli così complici, i miei amici veri, il lavoro precario e la paura di non arrivare mai alla fine del mese.

Ora riempio le tasche di servili ruffiani medievali in versione moderna (spesso li chiamo *giullari con l'i-phone*), offro da bere a ragazze dal gomito e dalla gonna facilmente alzabili, ho una Cadillac nera con autista tipica del sogno americano, e il portafogli che se lo si appoggia all'orecchio come una conchiglia, riecheggia del continuo fruscio di banconote in uscita.

Tutto questo a ventisette anni, per aver scritto un solo maledetto libro, frutto di eventi realmente deleteri che hanno lasciato il segno nella mia vita. Un tempo malinconicamente giusta.

Ma io non la vedevo così, me ne accorgo ora, con il senno di poi.

Scrivere un semplice diario mi ha portato dritto in cima al mondo letterario, ma da quando ho scritto la parola *fine* sembro finito anch'io, già esausto della dolce follia che mi circonda.

Mi hanno chiesto di scrivere il seguito.

Ho riso per ore, come un pazzo.

Come posso farlo se sono privo di sogni e di idee? La mia esistenza non è una trilogia da ficcare nel culo e nei cuori della gente, ma sembra un concetto troppo complicato, a quanto pare.

Il mio stesso mondo poggia sulle mie spalle, e pesa come un macigno, a volte non vedo l'ora di scrollarmelo di dosso per ricominciare tutto daccapo, e riscoprire l'arte e l'amore per cui scrivere.

Una volta mi bastava una donna per questo.

Sono una star e non me ne vergognavo, anzi, ma ora è tutto diverso, non sono più l'uomo che credevo di essere, né quello che desideravo di essere.

È quasi la mezzanotte e tutto il mondo è in festa, mentre un'altra sigaretta scivola sulle mie labbra, per allungare la mia collezione di bobine spente sul cornicione della finestra.

Fuochi d'artificio mi illuminano il viso, dall'alto dei cieli, come fosse la fine del mondo, ma tutti cantano, ridono, bevono, se la spassano.

Tutti tranne me, che continuo a cadere.

Non so più se verso l'alto o verso il basso, ma continuo a cadere.

Buon anno nuovo, mondo di merda.

IL MARCIAPIEDE

Capitano tante cose, in questa strana vita, cose che non ti aspetti, che ti prendono alla sprovvista, che ti avvolgono e non ti danno il tempo adatto.

Capita che io sia vivo, che accarezzi la pioggia, che in un battito di ciglia mi innamori.

Capita che io sia in macchina, nel bel mezzo del traffico che strangola la città ogni giorno, rigorosamente nella mia corsia.

I dettagli che si fanno più limpidi, mentre scorrono negli occhi, che guardano attentamente ogni minima cosa.

Capita che una ragazza tenti di attraversare la strada, dal marciapiede alla mia destra. E che io mi fermi, per farla passare.

Che bellezza abbagliante.

Capita che lei ringrazi, e che inizi a ondeggiare nel mare di automobili, aggiustandosi i lunghi capelli castani con un gesto pieno di grazia.

Capita che io abbia il desiderio infinito di spegnere la macchina e inseguirla, ovunque lei vada, per urlarle che sono pazzo di lei, che è bastato un istante, un battito di cuore, per lasciarmi senza respiro.

Capita il silenzio, ma solo per un attimo, coltivato nel folle vortice di emozioni e pensieri, mentre la cerco con lo sguardo.

Capita così che io mi innamori.

Spesso succede ogni trenta secondi.

E d'un tratto, capita che una Mercedes nera, di fine anni '90, nella speranza di un sorpasso azzardato, colpisca in pieno la mia amata sconosciuta. E la uccida.

Finiscono così sguardi e sogni, mentre scalpitano i primi soccorsi a colei che ha rubato il mio cuore, portandoselo via per sempre. Soccorsi vani. Lacrime amare.

C'è un'ombra. sul corpo esanime e splendido, e mi invita a riprendermi il cuore, rimasto sugli occhi spenti della mia bella.

Declino gentilmente, con un cenno elegante e addolorato.

Un cuore, primo e ultimo dono di un amore mai nato.

Poesia senza versi, resa dinnanzi a lei. Fiore perpetuo.

Attraversa la strada un'altra ragazza bellissima, con tacchi vertiginosi e lunghi riccioli biondi, sembra una dea.

Con la coda dell'occhio scorgo una Mercedes nera, di fine anni '90. Triste déjà-vu, spero in un epilogo diverso.

Anche perché non ho un cuore di riserva.

STANDBY

Disegno un cuore in aria, sbuffando un tiro profondo di sigaretta.

La notte è lunga, stanotte, e tanti dei miei pensieri siedono proprio qui, a fianco a me. La luna ci illumina, affacciata alla finestra, e tutto sembra fiabesco.

Anche questo silenzio, così delicato che sembra ornato da intrecci di seta, come la tela di Penelope.

Sembra che tutto il mondo intorno a me sia fermo, e tutto ciò che posso fare è semplicemente accoglierlo, nel mezzo del mio cuore. Quello che disegno in aria, sbuffando un tiro profondo di sigaretta.

Questa pace immensa mi rende parte di questa notte, che sembra fatta su misura per me, un po' armatura, un po' abito da sera.

Penso a Charlie, che ha passato una notte come questa, qualche anno fa.

Charlie è partito per l'America, in cerca di fortuna, non che l'abbia trovata, bisogna ammetterlo, ma come diceva lui *quando decidi di tagliare le tue radici per inseguire qualcosa di importante, hai già compiuto metà del viaggio.* Non ho mai dato peso più di tanto alle sue visioni filosofiche, ma quella suonava proprio bene.

Charlie si svegliava alle tre del mattino, si faceva la doccia, si metteva il vestito buono e aspettava l'alba. A volte ci parlava con l'alba, prima di tornarsene a letto. Era la sua dichiarazione d'amore, da un numero infinito di prospettive.

Deliri e perversioni di un aspirante fotografo.

Charlie è andato in America, con la sua macchina fotografica, treppiedi, obbiettivi di varie grandezze e tutto il resto, per cercare la bellezza di un'alba in un nudo femminile, fermare quel momento di simmetria e portarlo fino in America, che sembra sempre così grande da poter custodire i sogni di tutti.

Di Charlie ho perso ogni traccia, ma mi ha regalato una lezione di libertà senza prezzo, è sempre stato un buon amico … Penso a lui, e cerco le mie parole, nascoste dietro ai pensieri, parole che salgono fino alla lingua come nubi che evaporano nel cielo, parole che cercano la mia voce, racchiusa nel silenzio di questa notte.

La notte che si presta al chiarore dell'alba, dove io sono protagonista senza rendermene conto, dopo aver fatto la doccia e aver messo il vestito buono, ad aspettare l'alba, proprio come faceva Charlie, e tutto sembra fiabesco.

Poesia, follia e meraviglia, deliri e perversioni di un aspirante uomo, da troppo tempo in standby, ma non andrò fino in America per trovare me stesso, mi basta un pezzo di specchio, accompagnato dal mio sorriso migliore … Invece c'è sempre una donna dietro questi pensieri, è inutile negarlo, pensieri che ti portano in alto quando segui il lungo rettilineo del passato, e poi ti trascinano in basso, quando raggiungi i *lavori in corso* del presente.

È così che mi ritrovo qui, a ridosso di questo sole fresco che riapre gli occhi. Circondato dai miei pensieri riciclati, pezzi di sogni con così tanta polvere sopra da sembrare la mia cantina, pensieri che mi riempiono di domande, un po' su Charlie, un po' su di lei, che viveva del suo sorriso migliore, quasi fosse la sua copertina, un dettaglio che mi ha fatto innamorare di lei dal primo giorno in cui l'ho incontrata. E così ho iniziato a sorridere anch'io, forse controvoglia all'inizio.

Ma con lei è impossibile non sorridere, perché la vita è talmente bella da stupirmi ogni giorno di più, è quello il suo vestito buono.

Mi basta immaginarla come in quella nostra foto, in riva al mare, all'alba, in un aprile di qualche anno fa.

Se solo avessi il coraggio di riprendere in mano quella foto, nascosta nel ventre del mio libro preferito, potrei tornare a sfoggiare il mio sorriso migliore, ed essere un uomo, togliere la pausa.

Quella foto l'ha scattata Charlie, e forse è proprio lì, nascosta in quel libro, la sua opera più riuscita. Vallo a dire a quel poveraccio che con l'alba non c'entra nulla il nudo femminile, ma il sorriso … Probabilmente morirebbe di crepacuore, un po' per la gioia, un po' per la rabbia di aver sprecato tutto quel tempo a cercare quel connubio. Il cerchio sarebbe chiuso.

Disegno un ultimo cuore in aria, sbuffando un tiro profondo di sigaretta, aspettando che ritorni.

LA REGINA BIANCA

Viola dice che aspetta ogni mercoledì a partire dal mercoledì sera. Che è il suo piccolo momento di piacere. Io non mi faccio illusioni, però, dice tante cose. Quando arrivo ha già messo al loro posto i pezzi sulla scacchiera e i cuscini, visto che giochiamo sul pavimento e ogni partita dura un'ora o più.

"Non tocca a me il nero" le sussurro, come ogni volta.

"Sì invece" dice lei, accarezzando i suoi pedoni bianchi come fossero un piccolo esercito del bene.

Glieli concedo, i pezzi bianchi, con tutto l'amore che posso, e come da regola lei inizia il gioco, su questa tavola di vetro opaco, trasfigurando le strategie con cui vivere la vita. Ma troppo spesso ci si ferma, perché la teoria non regge sempre il confronto con la pratica, purtroppo. Viola non lo sa, perché da tempo si è chiusa a chiave nel suo mondo di ombre e buio.

Forse anche per questo sceglie il bianco, per vedere un po' di luce. Porta avanti i suoi pedoni bianchi cercando di guadagnare il centro della scacchiera, e il controllo del gioco, era una delle prime cose che le insegnai quando si innamorò degli scacchi.

È bella oggi, con i capelli raccolti all'indietro, la posizione sul cuscino a gambe incrociate, e una gran voglia di vincere negli occhi.

Aspetto le sue mosse al varco, limitandomi a difendere il centro con l'avanzamento dei due cavalli.

Viola nel suo mondo è la Regina della scacchiera, il pezzo più forte, che tuttavia non muove mai, quasi fosse un sacrilegio, e forse questa è la prova della sua fragilità.

Sono una delle pochissime persone che lo sa.

Le poche volte che parla lo fa con me.

Il mercoledì per lei è l'appuntamento con la vita, con un altro sguardo, e solo con un allenamento assiduo è possibile avanzare, come i suoi pedoni, e tentare di muovere la regina, dandole spazio.

La sua immobilità l'ha sempre portata alla sconfitta, spesso minacciando la Regina, e anche nelle nostre partite a scacchi, quando le mangiavo il suo pezzo preferito andava su tutte le furie, talvolta rischiando una crisi. Ma non oggi, sembra più serena di quanto non l'abbia mai vista.

Il suo sorriso vale oro per me, non potrei vivere senza, se il mercoledì per lei rappresenta un piccolo momento di felicità, il suo sorriso per me è una ragione di vita, molecole d'ossigeno che respiro in fretta per non lasciarne scappare nessuna.

Perché sono il responsabile genetico delle sue sofferenze.

Anche per questo resto sulla difensiva nelle nostre partite a scacchi, e i miei pezzi cadono a uno a uno, sotto i colpi di quel piccolo esercito del bene. L'esercito bianco, di cui Viola è l'ignara e consapevole regina.

Non è una resa la mia, ma un modo per aprirle la mente, per portarla a osare, a mettersi in gioco, che non è una lezione da apprendere, ma un istinto.

Lei vive dei suoi istinti, e sono felice quando li affina, quando li affila come spade giapponesi con le sue mani lunghe e intelligenti.

Sono felice quando si dona un'occasione, credo che anche lei lo sia. Piccoli momenti di piacere, per lei. Per me, per noi.

Non resta che una torre a difendere il mio re, stanco e sconclusionato. Viola capisce che è il momento di chiudere la partita, e la Regina dà ordine agli alfieri di aprire il fuoco incrociato delle loro diagonali. Ritraggo il re verso il bordo della scacchiera più vicino al mio gomito, c'è poco da fare ormai, per lui, nell'ultima casella rimasta a difendere la sua solitudine. Manca una sola mossa, da fare.

Viola indugia, mentre si accarezza il collo, e tira un sospiro, le sue dita ondeggiano sugli angoli del tavolo, e poi cala il silenzio tra di noi.

Eccola la Regina, che si muove maestosa, quasi trascinata da una brezza fresca di primavera, e attraversa tutta la scacchiera, schiantando la mia torre, arrivando a sfiorare il cuore gelido del mio re. Scacco matto.

Viola sorride, felice. Io piango di gioia, ogni volta è la sconfitta più bella di tutta la mia vita.

"Brava, Viola" le dico, mentre la abbraccio, stringendola forte al petto.

"Hai visto papà? Ho vinto, grazie alla regina" dice lei.

"Ho visto, sono fiero di te". Lacrima.

"Grazie, papà".

"Si è fatto tardi amore mio, devo andare, torno presto. Aspettami e non farti male, mi raccomando".

È quasi sera, esco dalla sua stanza e mi avvio verso l'uscita dell'ospedale psichiatrico, la vedo salutarmi dalla finestra. Le mando un bacio, mentre mi incammino verso casa, felice del suo primo passo contro la depressione.

Viola mi aspetterà, da questa sera fino a mercoledì prossimo, per il nostro momento di felicità, perché la felicità è più dolce, se si prova in due. Un momento puro, bianco, come l'esercito del bene, già schierato.

Proteggeranno lei. La loro Regina Bianca.

CIELI DI VALIUM

Sono un artista e amo il piacere, ma sono anche un uomo, e come tale sono debole, mescolo i due elementi e il risultato è la mia inclinazione alle dipendenze. Sesso, sigarette, musica, droghe, alcool, caffè, potrei continuare all'infinito. Cose da rockstar, ma con la penna al posto del plettro. Forse Baudelaire sarebbe fiero di me. Ne ho cercate di strade nella mia vita, ma l'unica cosa che ho sempre saputo fare è scrivere, scrivere, e ancora scrivere, non mi sono mai fermato. Tracciare parole su carta non mi ha mai permesso di fallire, anzi, mi ha tenuto in vita per un bel mucchietto di anni. Ho visto la mia crescita, il mio vigore, la mia anima sdoppiarsi, e poi riunirsi, affermarsi e gonfiarsi, in un crescendo interminabile.

Spesso chiudo gli occhi, e tutto sembra accendersi. Come per incanto, asciugo le mie lacrime, colorando tutto ciò che ho intorno. Tutto ciò che ho dentro. Quando chiudo gli occhi, ogni cosa è al buio, ma io vedo la luce. Rimango solo, nessuno può vedermi per come realmente sono. Arredamento immaginario intorno a me. Sono le due di notte e non riesco a dormire, come accade sempre più spesso ultimamente. Vivo le mie fasi in apparente *trance*, ma quando la notte mi chiama, con l'espediente del sorriso della luna, non posso far altro se non rispondere, incurante della mia voglia di dormire.

Sto scalfendo gli strati di insensibilità in cui mi sono nascosto per molto tempo, ma non riesco a capire se la mia mente stia eclissando il cuore o viceversa.

Negli ultimi tempi la mia anima ha sanguinato a profusione, e solo scrivere volumi di nera poesia meditativa ha arrestato lentamente l'interminabile flusso che rischiava di annegarmi.

Come si dice, il genio antiemorragico ha fatto il suo dovere.

Da allora vivo, penso e, soprattutto sogno, di notte, come se finalmente mi sentissi libero di sfilare la mia maschera di fronte al mondo. Ma quel mondo non è altro che il mio regno emozionale, a cui a nessuno è garantito l'accesso. Solo io entro al calar delle tenebre, accompagnato da una singola candela vestita di rosso, la cui luce chiude dietro di sé il vacuo cancello che delimita il mio spazio vitale.

Profumo di cannella, vagamente erotico.

Tutt'intorno è buio, inesorabilmente, un buio così intenso che sembra come se qualcuno avesse tagliato con le forbici un pezzo di cielo notturno. Posso dire di essere forte quanto voglio, ma se con rapidità e forza, ogni notte chiudo quel cancello per timore che altri possano entrare, è chiaro che io come bugiardo sono un miserabile fallimento. Una donna, nel passato più recente, varcò la soglia del mio mondo, spinta da primordiali istinti di curiosità, poi di passione, d'*amore* e infine distruzione, ferendomi quasi mortalmente.

Sento la necessità di rendere temporale un pianto disperato, come se dovessi prendere almeno venti gocce di valium e spargerle verso l'alto, per attutire la violenza di quel ricordo.

È successo spesso, purtroppo, e ora anche il mio cielo è di valium, ha nuvole, tuoni, fulmini e piogge di valium, e ho bisogno di riempirlo per bene, per berne ogni goccia che cade sul terreno. Talvolta avrei voglia di leccarlo, come si fa con una ferita, quasi a medicarlo.

Le tracce del sole sono ormai lontane. L'anima sanguina, di nuovo. Ma ho perso la lingua e le mani, e tutto appare grottesco, con i nervi in fiore e le labbra ermetiche, in attesa di una boccata d'aria da assaporare in solitudine e serenità. Avrei voglia di fare l'amore. E dimostrare a me stesso di poter ancora amare. Di saper ancora amare. Mi distenderei, respirerei, mi abbandonerei al valium più dolce del mondo, quello femminile, naturale, a tratti omeopatico, con minori controindicazioni ma la stessa dipendenza. È quasi l'alba. Forse un raggio di sole, in lontananza, mi riapre gli occhi con una violenza che mi abbraccia e invade.

Perché io amo qualcosa...

...ho bisogno di qualcosa...

...odio qualcosa...

...bacio qualcosa...

...dipingo qualcosa...

...osservo, brucio, nascondo qualcosa...

...combatto per qualcosa...

...mi abbandono a qualcosa...

Perdo qualcosa. E quel qualcosa le somiglia molto. Una lacrima scivola lungo i contorni del viso e si asciuga nell'anima, accendo una sigaretta mai così amara. Non so quante ne abbia fumate oggi, ma ne conosco i motivi.

Mi sento cupo e nervoso, come un cavallo che traina un calesse, con le labbra rosse e i pensieri che promettono un terremoto. Ma il mio non è d'assestamento. Aspetto la scossa che distruggerà tutto ciò che sono, tutto ciò che sono stato, tutto ciò che mi appartiene, compreso il regno che custodisco durante le mie notti, a lume di candela.

Profumo di cannella, potenzialmente erotico.

Cerco di non curarmene. Aspetto la scossa che mi imporrà di far nascere un nuovo me stesso, più forte e sognante di prima. Con o senza di lei. Strana la psiche umana, che avvolge in un vortice emotivo dal quale è difficile liberarsi.

Vorrei vederla, sentirla vicina. Avrei voglia di contatto, potrei *prometterle* di non deluderla mai. La candela si spegne, consumata, un po' come me. l'epilogo del mio *mea culpa*.

Buio. E profumo di cannella, dannatamente erotico.

RIVOLUZIONE

La sua camicia è una macchia bianca sul letto. Lei la ignora, infila nel cassetto la biancheria pulita, mette la borsa nuova sul ripiano più alto dell'armadio, apre la finestra e cambia aria alla stanza. Va a sedersi davanti allo specchio. È bella, oggi, sembra quasi che il trucco di ieri sera le sia rimasto addosso. Ora può girarsi, raggiungere il letto.

Prima sfiora il colletto e accarezza le maniche, poi se la preme sul naso, sulla bocca. Sorride, che stupida. Va all'armadio e cerca una stampella libera. Si sforza di non guardare il telefono anche se è lì, sul comodino. Ma lui non la chiamerà.

Non restano che ricordi e profumi, lasciati in quel letto, per far danzare le emozioni, bianche come la notte. Una notte. Quella notte, che li ha visti fondersi, fiorire, mentre si donavano l'anima, e poche promesse.

Aveva soltanto lui, e il cielo, sopra di lei, tutto il resto non contava niente, non interessava, non sarebbe mai stato abbastanza importante, fino a ieri sera, mentre la pioggia batteva sui vetri, in un venerdì qualunque.

La notte è sempre stata la cornice per i loro incontri, la notte che rende puro il peccato, che allevia i sensi di colpa, e a entrambi andava bene così, soprattutto a lui, che poteva inventare mille viaggi di lavoro improvvisi per scappare da casa, e dalle grinfie di sua moglie. Tutti gli uomini sono così, bugiardi e troppo superficiali. Ma lei no. Lei viveva in attesa, come un cecchino, attendeva ogni sera quasi fosse un miracolo, che troppo spesso non accadeva. Lacrima.

Ne ha speso di tempo a guardare quel telefono, su quel comodino, a sperare ... sperare ... sperare, a sognare momenti di magia e attimi di libertà clandestina, a farsi bella per il suo arrivo. Bella come ieri. Come sempre.

Si affaccia alla finestra, intravedendo le strade trafficate ai piedi del suo appartamento, e pensa a tutte le strade che non ha intrapreso, per vivere e inseguire un amore fatto di ombre.

Un amore che si è nutrito di attese interminabili, di tempo ritagliato qua e là, dei piccoli dialoghi lasciati a seccare agli angoli del cuore. Ultimamente è solo sesso, e a lei non basta, non potrà mai bastare, non è amore.

Nuvole scure colorano il cielo sopra la città, ma i pensieri si schiariscono, un poco alla volta, lei si guarda, di fronte allo specchio, che riflette la sua immagine migliore, con il viso pulito e una gran voglia di ricominciare, di riprendere la sua vita.

Mette la camicia nell'armadio, uno sguardo e richiude immediatamente. Suona il telefono, ma ormai è tardi, avrebbe dovuto capirlo anche lui, ma come tutti gli uomini è troppo superficiale, e bugiardo. Lei non risponderà, non lo farà mai più. Prende le chiavi di casa, ed esce, sorridente, con il suo passo elegante, sicura come non mai. Sorride, finalmente fiera di sé stessa, splendida.

Raggio di sole.

RAGGI DI SOLE

Gli occhi, stanchi, si sono posati sul tuo ricordo.

Un sussulto ha scosso i muscoli della schiena, e le vene nascoste in un corpo carico di dinamite emozionale.

Sono passati anni, non sai quanto mi manchi, a distanza di tutto questo tempo.

Certe volte pensarti ha ispirato una poesia, qualche accordo di chitarra, un capitolo di un libro che forse nessuno leggerà mai. Altre volte ha fatto nascere anche solo la voglia di aspettarti, di pensare positivo, di fare un sorriso. Sì, perché è proprio lì la mia carenza principale, come quando mi hai conosciuto. Io sorrido poco, quasi mai, cosa che mi rende sicuramente misterioso e affascinante, ma è una lama a doppio taglio.

È strano, non lo nego, perché quando stavamo lì vicini ad amarci e a fantasticare con davanti una semplice finestra, mi piaceva la vita, era tutta un'altra storia.

Quella finestra sapeva di spensieratezza e di libertà, di tenerezza e complicità. Profumava d'*amore*.

Ricordo ancora i muri della scuola di fronte a casa nostra, corrosi dal vento e dalla salsedine, che ci vedevano rinchiusi nel nostro guscio di amanti, di anime gemelle, di mondi paralleli, con quel vetro solo per noi, che ci permetteva di evadere o di nasconderci dal mondo. Poi il buio, luci spente.

Mi sono ritrovato in un teatro vuoto, a recitare la mia tragedia in stile tipicamente greco. Avevo semplicemente bisogno di un applauso, che non arrivava mai.

Sono cambiato molto, ma alla fine neanche poi tanto, e penso che mi riconosceresti ancora.

Ho vinto gran parte della timidezza che un tempo mi bloccava, ma resto il sognatore che hai conosciuto, quello con i riccioli scalmanati e tutti i cd degli Oasis.

La musica mi ha sempre aiutato, ora conosco più gruppi rock di chiunque altro, sono una specie di guru del genere, e me ne vanto spesso. E tu? Come sei diventata?

Una laurea, una forte voglia di emergere, di cambiare tutto dalla radice, di inseguire e raggiungere l'indipendenza, la tua strada, i tuoi sogni.

Sei sempre stata una guerriera con le movenze da principessa.

Ho sempre immaginato di incontrarti di nuovo, ci vedevo in quel locale di Roma, proprio lì dove abbiamo scambiato le nostre prime parole, in pieno inverno, a bere una cioccolata calda, a tracciare le somme, come erano andate le nostre vite negli anni che avevamo passato così lontani.

Tu mi dicevi che eri appagata e che i tuoi sforzi avevano avuto un senso, per poter dire che è tutto ok, e io che finalmente avevo trovato la felicità. Sognavo il disegno perfetto per entrambi.

La inseguo ancora, invece, neanche fossi in un film poliziesco di quelli americani.

In questa cornice scrivere mi aiuta, mi permette di sfogare i sogni e le inquietudini. Scrivo da una vita, per sopperire a qualche frase che sbadatamente rischierei di dimenticare.

Ma non riesco a dimenticare te, e quando ti affacci nei miei pensieri io sono felice, senza ombra di rimpianti o lacrime. Dopo anni di silenzio, mi fai sentire ancora felice, come non lo sono stato mai. Grazie amore mio, davvero.

Ricordi di noi che si affacciano dal cuore.

Guardavo i tuoi occhi, e scoprivo l'infinito, con il desiderio di accarezzarti i capelli e di sistemarteli dietro l'orecchio. Guardavo le tue mani e il tuo viso disteso, particolarmente bello e sognante, e già sentivo di volerti dire chissà cosa, probabilmente un discorso d'amore senza capo, né coda.

Credo di amarti più di quanto non abbia mai fatto, e la cosa mi turba. Molto più di quanto si possa immaginare.

Gli occhi stanchi, il buio, l'acqua fresca che sento scorrere sotto i piedi, è un bosco di notte questo mio cuore, posso sentire il profumo di pioggia, il vento fra gli alberi, il rumore della tenebra ormai inoltrata, della luna, del mondo.

Lo sfrigolio della mia sigaretta in una pozzanghera mi tira fuori di peso dal mio incantesimo a occhi chiusi, mentre cammino lentamente per le strade della mia città surreale.

Ogni cosa è al suo posto, manchi solo tu, per far nascere di nuovo il sole, nascosto dietro un'alba qualunque che avvolge con nebbia, lacrime, sesso, sperimentazioni emotive e nuovi inarrivabili orizzonti immaginari.

Quell'alba potrebbe essere la nostra. Manchi solo tu, bella come quando ti guardavo, come se avessi fermato il tempo in quella tua immagine di qualche anno fa. Dove sei, Raggio Di Sole?

Illuminami, ho bisogno di te, perché le mie notti non finiscono mai. Accarezzami, Raggio Di Sole, è luce e brivido di un attimo quello che chiedo, mentre ci sdraiamo sul mondo.

Scopami, Raggio Di Sole, fallo adesso come se fosse l'ultima volta, fallo forte come se fosse la prima, mentre l'oblio ci avvolge, e dammi un figlio. Maschio, s'intende.

E quando tutto sarà compiuto sposami, Raggio Di Sole, potrebbe essere la nostra ultima occasione.

Smetto di camminare, mi fermo, quasi fulminato dai miei pensieri esplosivi. Ormai è quasi l'alba, ed è giunta la nostra ora, il bosco ci attende, Raggio Di Sole.

Basta solo che tu ti faccia vedere.

LA STRANA STORIA DI MR. QUINCEY

Quincey se ne stava in riva al mare, eretto da sembrare l'asta di una bandiera, a scrutare l'orizzonte.

Di fronte all'immensa distesa blu elettrico, collezionava i pensieri di una nebulosa giornata d'inverno. Si arrovellava, in cerca di uno spunto, nella solitudine opaca del suo cuore, fatta eccezione per una nutrita colonia di gabbiani.

Sembrava teso, Quincey, come fosse un primo appuntamento, ed effettivamente lo era.

Quincey aspettava la sua vita.

Trent'anni di ritardo, se l'era presa comoda, dopotutto.

Una barca in lontananza, una giornata senza vento, un tronco d'albero insabbiato dietro di sé, una piccola costellazione di bottiglie di birra vuote tutt'intorno, il mare di fronte, grande, blu come occhi da specchiare in un'anima, una poesia senza confini.

Era la cornice per l'incontro.

La sintesi, il motto di Quincey.

Ha arrancato il nostro inglese, per tre decadi, scrutando un cielo senza eroi, all'ombra di un matrimonio affrettato, divenuto fallimentare dopo soli tre anni, di un lavoro routinario come impiegato alle poste, dell'immunità da brividi acquisita con lo scorrere del tempo, di un'infanzia problematica che si è trascinato dietro ogni singolo giorno.

Era convinto dell'esistenza della felicità, Quincey, più di quanto non lo fosse dell'esistenza di Dio, e giurava che prima o poi l'avrebbe trovata.

Felicità, cioè pace.

Pace, cioè la voglia di tornare a emozionarsi.

La sua tempra era invidiabile, gli aveva sempre permesso di non crollare, di non gettare la spugna, anche quando ne aveva il sacrosanto diritto.

Allo stesso modo, però, la sua forza d'animo non era mai stata sufficiente per uccidere i suoi fantasmi e placare la sua sete. Sete di vita, vita che scorre come acqua fresca che disseta.

Quincey si curava con il mare, ogni volta che poteva, talvolta urlando a squarciagola al centro di una tempesta, talvolta restando in silenzio, apparentemente imperturbabile, nella moltitudine di serenità che fioccano dalla spuma delle onde di un mare inverosimilmente immobile.

Quincey ripensava, sanguinando dal cuore, alle scelte fatte nella sua vita, per esempio quando ha deciso di sposarsi con Eva, conosciuta durante il servizio di leva a Nottingham, dove poi si stabilì, lasciando Meredith alla sua partenza da Newcastle, l'unica donna che lo abbia mai amato.

Doveva capirlo già dal nome della futura moglie che Eva fosse incline al tradimento, Quincey l'aveva scoperto e aveva iniziato a bestemmiare il fatidico *sì, lo voglio* da tempo immemore.

Fissava il mare e rivedeva Meds al suo interno, la donna che aveva sempre immaginato al suo fianco era diventata l'acqua del mare, che bagna dolcemente ma che non può dissetare l'anima.

Lacrima. Quincey piangeva, per il rimpianto. Si odiava.

Si sentiva lontano dai suoi giorni, e sentiva il vuoto intorno a sé.

Julian sembrava in ipnosi, quel giorno, tutte le tentazioni azzardate della sua vita sembravano avergli presentato il conto, ma lui non mosse ciglio, e con il filo d'immaturità dei suoi ventidue anni saltò sulla sua moto, e scappò via.

Andava forte, Julian, come una saetta, lungo la strada di terra battuta che lo vedeva allontanarsi da casa. A volte una lacrima freddava le sue guance, prima di essere asciugata dal vento, lasciando una scia cristallina ai lati del suo viso.

Quella moto era l'icona della sua libertà, quel giubbotto di pelle nera che indossava era la chiave per aprirne il lucchetto invisibile.

Il vento dei capelli, il rombo del motore che stira le sue marce, una gran voglia di raggiungere in fretta la costa est, dove il sole tramonta. Non una parola, non un respiro di troppo.

Eccola, la costa, specchiata in un mare silenzioso e dannatamente affascinante.

Scendeva dalla sella, Julian, e sentiva piombare di nuovo sulle spalle il peso di quel mondo, e di quella vita, così diversi da lui, e dalle sue antiche convinzioni, dai suoi futuri progetti.

E il peso del dolore. All'orizzonte soltanto una barca, sulla spiaggia il silenzio composto di un mercoledì qualunque.

Stasi magica, elementi sospesi. Solo un uomo al centro di quel quadro. Vestito di tutto punto, fissava il mare senza muoversi, non era certo un pescatore.

Julian si avvicinava alla riva, guardando i suoi stivali immergersi nella sabbia, passo dopo passo.

Insisteva invano nel distogliere lo sguardo dall'uomo silenzioso, e mentre accendeva una sigaretta, finì con il fermarsi proprio a fianco a lui.

Due colonne di un'invisibile scultura architettonica. Julian sulla sinistra, Quincey sulla destra. Il mare in mezzo a loro.

Quel mare sembrava voler trasmettere a quei due uomini così diversi il desiderio di confrontarsi, di sovrapporsi, mediante la sua calma. Eppure, il solo silenzio riusciva ad attraversare lo spazio tra loro. Il silenzio e il rumore delle onde che si infrangevano sul bagnasciuga.

Quincey dava la sensazione di non curarsi affatto dell'inatteso ospite, finché questi, come in una partita a scacchi, fece la prima mossa, e iniziò a singhiozzare.

Ma non era un buon consolatore, nella sua sintesi anche le parole più semplici apparivano come brevi sentenze lapidarie.

Julian era sul punto di crollare, nessuno sa quanto avrebbe voluto farlo in quel momento, le lacrime scivolavano lente sul viso, da sole, e dopo qualche secondo di pianto delicato, dopo aver gettato via la sigaretta, tirò un sospiro per tornare in sé.

- Mia sorella è morta stanotte, e non sono riuscito a versare una lacrima davanti al suo capezzale.

Silenzio.

- Sento morire una parte di me con lei, lentamente, come se fosse una rosa senz'acqua.

- Ne sono desolato - rispose formalmente Quincey.

- Molti uomini sono forti nella battaglia con la morte, io mi sento come quando ero un bambino terrorizzato. Mia sorella era l'unica persona che amassi davvero della mia famiglia.

- Quanti anni hai, ragazzo?

- Ventidue. Mia sorella ne aveva ventotto, è stata presa da un male incurabile.

- A questa età è normale che tu stia male, il dolore è ancora un frutto troppo acerbo per te. Ci vuole tempo, ragazzo, e piano piano il dolore si attenuerà. Il tempo cura le ferite, anche se i tagli sono profondi. Alla tua età ho perso i miei genitori, e pensavo di non uscirne, ma con un po' di forza ogni cosa si sistemerà. Tua sorella vorrebbe questo da te, ne sono sicuro.

- Julian.

- È il tuo nome?

- Sì, così eviterete di chiamarmi *ragazzo*.

- Va bene.

- E voi? Perché siete qui?

- Mi sto curando, con il mare.

- Curarvi da cosa?

- Dall'infelicità. E dal rimpianto. Il mio matrimonio è alla frutta, la mia vita cade a pezzi come un vecchio mosaico, le mie giornate sono senza un senso, e la donna che amo è chissà dove nella fredda Inghilterra del nord.

- La donna che amate non è quella che avete sposato, a quanto pare.

- Esatto.

- E perché avete sposato un'altra donna?

- È una lunga storia.

- Io non ho fretta, a quanto pare neanche voi.

- Non è questo il punto. Hai perso tua sorella stanotte e hai voglia di sapere una storia assurda da un estraneo?

- Potrei averne bisogno, magari.

- Io non sono un guaritore, né uno strizzacervelli, né un prete.

- Non ho bisogno di sfogarmi, tantomeno di confessarmi, Dio non avrebbe abbastanza tempo.

- Allora cosa vuoi, ragazzo?

- Non mi chiamate ragazzo, mi chiamo Julian.

- Cosa vuoi da me, Julian?

- Nulla.

- Allora siamo in due.

- Ma sento di conoscervi molto di più di quanto conosciate voi stesso.

Silenzio.

Quincey aggrottava le folte sopracciglia nere, distogliendo lo sguardo da quello del giovane centauro. Avrebbe potuto anche aver ragione.

- Volete una sigaretta?

- Ho smesso da anni, ma accetto volentieri, grazie ragazzo.

- …

- Grazie, Julian.

- Di nulla, signore.

- Mi chiamo Quincey.

- Quincey, e poi? Di nome?

- Quincey è il mio nome. Quincey Foster.

- Quincey è un cognome, non avevo mai conosciuto nessuno che avesse un cognome per nome.

- Vogliamo stare tutto il giorno a questionare sul mio nome?

- No di certo, non sarebbe opportuno, comunque sappiate che avete due cognomi.

- ...

Se la ridevano i due, a un occhio esterno l'ultima volta sarebbe sembrata in un'altra vita. Le menti sembravano sgombre, finalmente. Il dolore da una parte, l'inquietudine dall'altra, dissipati da un sospiro del dio dei venti.

- Io non ho mai creduto in Dio, e voi, Quincey?

- Perché dovrei credere in Dio? Lui crede in me? E non credo nei miracoli, credo negli uomini, e nelle idee brillanti, quelle per cui morire. Prima credevo nell'amore, ma sembra un cielo fa.

- La vostra mancanza d'amore vi fa apparire sofferente, a volte nei vostri occhi posso vedere mia sorella.

- E io nei tuoi rivedo lei. La spensieratezza, il sogno di libertà, la tranquillità, di colei che amo.

Solo il mare continuava il suo monologo infinito.

- Non è detto che sia tutto oro, ciò che luccica, Mr. Quincey.

- Non lo metto in dubbio, Julian, ma mi infondi la distensione che cerco da una vita.

Julian restava perplesso, in balìa degli eventi, continuando a studiare lo strano interlocutore, tanto misterioso quanto fragile.

- Sai, Julian, la spensieratezza. È un'emozione che non ho mai provato. Sono sempre stato assalito dai miei incubi, dalle regole, dagli obblighi e dai doveri, senza un solo giorno di ferie concesso. Se dovessi guardarmi dall'esterno per come sogno e per come sono nel mio inferno, confezionato e arredato a dovere, direi *giù il cappello*. Ma forse, nella vita reale non mi sento a mio agio, nella costellazione dei conflitti interni, e credo proprio che quel cappello me lo terrei.

- Quel cappello è semplicemente la poca stima di sé stessi, Mr. Quincey, e per giunta in bella vista.

Silenzio. Quincey era basito, quasi ferito a morte dal fulmine che si portava dietro le parole del giovane uomo.

- Per avere vent'anni, fai buona filosofia, ragazzo - diceva, con sarcasmo.

- Ventidue, Mr. Quincey.

- Fra qualche anno te li diminuirai gli anni, per non sentirti troppo vecchio.

Il sorriso silenzioso e posato di Julian illuminava il freddo della giornata.

- Quindi, i vostri pensieri sono la vostra malattia?

- Sì.

- E non pensate che sia ora di curarvi?

- Te l'ho detto, lo sto facendo, con il mare.

- Stronzate.

- Cosa? Come osi, ragazzo!

- State solo aumentando il vostro malessere. Se volete davvero curarvi e la donna che amate è davvero importante, mandate al diavolo vostra moglie (quanti bravi mariti lo fanno?) e cercatela in ogni angolo dell'Inghilterra. Trovatela, e amatela, tenetela stretta a voi e ricomporrete i pezzi. Se il gioco vale la candela, non ve ne pentirete mai. Non serve a nulla che ve ne stiate qui, in riva al mare, immobile, con i piedi affossati nella sabbia. Siete una barca arenata, Quincey, e non crederete davvero che il mare venga a riprendervi? Voi dovete andare a riprendere il vostro mare, e domarlo.

- Tu sei troppo giovane e ingenuo per conoscere la vita, Julian, il coraggio è prassi, alla tua età.

- E il vostro, di coraggio, dov'è?

- …

- Non sembrate molto più vecchio di me, e potreste essere il primogenito di mio padre. Dove sono i vostri ventidue anni, Quincey? Dov'è il vostro tempo migliore?

  Li ho lasciati da Meds.

- Meds?

- Meredith, caro Julian, la mia amata. La chiamavo Meds, avevo la tua età quando ci lasciammo, lei vent'anni, ed era un incanto.

- …

- Prima della mia partenza per la cupa Nottingham, per prestare servizio militare, vivevo con lei il sogno dell'amore perfetto. Il corteggiamento, i baci, la passione, un accenno di gelosia, la libertà, la fiducia, la comprensione, il sorriso. Poi ci fu la grande guerra, che ci divise. Per sempre. Otto anni, da quando salii su quel maledetto treno. Una parte di me morì quello stesso giorno.

- Dove vivevate, prima di partire, Mr. Quincey?

- A nord-est dell'Inghilterra, nel Tyneside, in un paesino poco distante da Newcastle. Ma dopotutto, era veramente accogliente Wickham. Ci sei mai stato, Julian?

- Beh, direi di sì. Io vengo proprio da Wickham.

- Ma che diavolo?...

- Sì. Sembra assurdo che il destino ci abbia fatto incontrare.

Silenzio.

Silenzio amaro.

Silenzio prolungato, forse troppo.

Dalle rive del Tyne, fino a quel mare, quel Tyne che nei giorni di sole somiglia al Tamigi.

- Julian.

- Sì, Mr. Quincey.

- Perché non mi porti con te a Wickham? Vorrei rivedere quel paese che mi ha visto crescere, nella speranza di ritrovare lei. Magari è ancora lì, no?

- Non credo sia una buona idea, Mr. Quincey.

- E perché mai, Julian?

- Non credo vi servirebbe.

- Ho lasciato lì la mia vita, voglio fare finalmente il primo passo per riprenderla. La mia stabilità deve partire dal mio movimento, e voglio che sia così, un monito sempiterno, da qui in avanti, come un cartello davanti alla mente che recita *non stare mai fermo*. Me l'hai detto tu, o sbaglio?

- Sì, l'ho detto.

- Appunto. È quasi il tramonto, quando pensavi di tornare a casa?

- Contavo di non tornare più, o dopo il tramonto.

- Ringrazio il cielo di averti incontrato.

- Non credevate in Dio, Mr. Quincey.

- Credo nel destino, caro Julian.

- Io neanche più in quello.

Si preparava in cielo la sfilata di colori fluorescenti che riflettono sul mare ogni sfumatura delle anime degli uomini, delle donne, dei sogni, delle emozioni. Tramonto. Uno dei più dolci di sempre, per Quincey.

Julian era turbato, nuovamente. Quincey non lo vedeva, o forse faceva finta di non vederlo, mentre allentava leggermente il nodo della cravatta. La luce scappava via, facendo sparire come ombre tutti i discorsi fatti fino ad allora. Il mare li guardava. Una vacua penombra bordata di rubino si affievoliva delicatamente, per far spazio alle stelle sul manto azzurro in chiaroscuro.

Quiete, dopo la tempesta emotiva. Il ronzio della moto di Julian, gli occhi speranzosi di Quincey che si affacciavano dietro le spalle del ragazzo, una lunga strada di ritorno davanti a loro.

Silenzio tra i due. Due ore di viaggio, in costante crescendo di terrore per Julian, quasi amletico, in costante crescendo di adrenalina per Quincey, quasi emblematico. Punti di vista.

Ecco il cartello in legno, alle porte della città.

Welcome to Wickham, Newcastle-upon-Tyne.

Quincey, nel suo fare così instabile viaggiava con la fantasia, restando impassibile e dannatamente coerente con i suoi sogni. Pensava a Meds. Meds e lui, insieme. Mano nella mano, tra fiori d'arancio. Su un mondo parallelo costruiva una casetta in riva al mare che fosse adatta a loro, alla poesia che il loro amore aveva custodito, intatta, per tutto quel tempo. Immaginava un albero di mele, vicino al patio, un camino da tenere acceso nelle notti d'inverno, un arredamento semplice, molto sobrio.

Immaginava una cameretta azzurra al fianco della stanza da letto. Immaginava e sorrideva.

Quincey aveva bisogno di vivere quel sogno emostatico, aveva bisogno di vivere Meds, e di seguire con la punta del dito i suoi lineamenti, ancora una volta.

Vite lontane, eppure mai così vicine. L'ombra della lontananza si stringeva sempre di più.

Quincey sorrideva, con aghi d'amore infilati nelle vene, con il sangue macchiato di emozione e rimpianto. Ma sorrideva, e già questo faceva notizia. Era sereno, dopo tanti anni.

Era sereno, edulcorando il suo traffico mentale, perché quella salita portava dritta a Meds.

Julian era in *trance*, come quando era scappato di casa, lontano da quasi ogni tipo di pensiero.

Quasi, perché il senso di colpa sembrava schiacciarlo.

Ormai tra le mura del paese, con la moto scelse, d'un tratto, un sentiero diverso rispetto a quello che portava al centro, e Quincey decise di rompere il lungo silenzio.

- Dove stiamo andando, Julian?

- Dalla vostra amata, Mr. Quincey.

- Ma non capisco, perché hai preso questa strada?

- Presto capirete, Mr. Quincey.

Silenzio.

Julian piangeva.

- Perdonatemi, Mr. Quincey.

- Di cosa, amico mio, dovrei mai perdonarti?

Silenzio.

La lunghissima via, costellata di alberi pensanti, andava stringendosi, fino ad arrivare a un enorme cancello in ferro battuto, assalito da edere e rampicanti di ogni genere. Dietro di esso si estendeva un'immensità di giardini, vicoli in marmo bianco, cipressi alti come il cielo, e un odore di fiori freschi bagnati dalla pioggia. Julian spegneva la moto, accompagnando quel gesto ad altre lacrime. Quincey non capiva.

E non riusciva a ricordare neanche il luogo dove il ragazzo l'avesse portato, non era mai stato in quell'angolo del paese. Forse la memoria lo ingannava, o magari il buio ci metteva del suo. Julian accendeva una sigaretta per fermare il suo pianto.

- Dove mi hai portato, Julian?

- Spero non mi odierete, Mr. Quincey, non era mia intenzione procurarvi del dolore, il nostro incontro di oggi, su quella spiaggia, è stato fantastico, direi profetico, io vi ho invitato ad affrontare i vostri fantasmi, a sfidare il destino, a prendere posizione, e voi mi avete insegnato, se così posso dire, ad anestetizzare il dolore e ad affrontare la vita, a prenderla per i capelli. Come si fa tra fratelli.

- Perché mi stai dicendo questo, Julian? Mi hai aperto gli occhi, non c'è dolore in me, per questo ti ho chiesto di portarmi di nuovo qui. Ti devo parte della mia vita. Comunque andrà, sarò felice di aver tentato l'assalto all'esistenza, all'amore, al mio passato. Perché ti vedo così affranto?

- Seguitemi, Mr. Quincey.

Il cancello era già aperto, e Julian faceva strada al suo ospite disorientato, camminavano senza risparmiare tempo, per la stradina che circondava il giardino illuminato dalla luna.

Rumore di passi, prima veloci, poi rallentati. Luce di candele. Nessun rumore tutt'intorno.

- Siamo arrivati, Mr. Quincey.

- Dove siamo, Julian? Non si vede nulla.

- Fatevi luce e capirete.

Quincey cercava risposte, ma non ne trovava, prese una candela e la portò dinnanzi a sé. Rabbrividì.

Poi un urlo di disperazione, che entrò fino al cuore del Paradiso.

Perché l'inferno era già lì, intorno a lui, dentro di lui, davanti a lui.

Qui giace Meredith Boyd, donna gentile dal sorriso lucente, che rimase sola in attesa dell'amore. Rest In Peace.

- Meredith era mia sorella, Mr. Quincey.

- ...

- Perdonatemi, se potete.

- Quindi questo è il lugubre cimitero di Wickham, quello che nascondono ai forestieri?

- Sì.

- Era bellissima, non trovi?

- Non sapete quanto mi parlava di voi, del suo amore portato via dalla grande guerra. Non mi ha mai detto il vostro nome, ma su quella spiaggia ho capito. Parlavate nello stesso identico modo.

- Grazie, Julian, di avermi portato da lei.

- Lo dovevo a mia sorella, lo dovevo a voi, mi avete insegnato la vita, Mr. Quincey.

- Sono un pessimo insegnante, Mr. Boyd.

- Non volevo andasse in questo modo.

- Va bene così, Julian, credimi.

Silenzio.

- Torna a casa ora, ragazzo mio, ho bisogno di stare con lei stanotte.

- Ne siete sicuro, Mr. Quincey?

- Sì, Julian, voglio recuperare un po' del tempo che non ho avuto con Meds.

- Va bene, come volete. Tornerò domattina per riportarvi a Notthingham. Vi troverò?

- Molto probabile. Buonanotte, Julian.

Un abbraccio forte, di quelli che parlano, che solo un fratello è in grado di dare.

- Buonanotte, Quincey, a domani.

Passi in lontananza, che si disperdono. Rumore di moto che si accende, tra i rumori del vento fra gli alberi, e che scappa via. Un bacio alla fotografia di Meredith, che decora la lapide bianca.

Lacrime e pioggia che si mescolano. E uno sparo, che echeggia nel cimitero di Wickham, quello da nascondere anche ai forestieri, affollato di cipressi. Rumore di un corpo, che impavido e sereno, cade a terra. Sangue che scivola sul marmo, e che la pioggia inglese trascina via.

Quincey Foster e il suo sogno finalmente uniti, liberi di volteggiare insieme nei cieli più azzurri. Quincey e Meds, di nuovo congiunti, con le anime legate per l'eternità.

Proteggeranno Julian, da lassù.

La sintesi, il motto di Quincey.

ESISTENZA E BELLEZZA

Cerco la bellezza, da una vita. Senza tremare.

A volte l'ho trovata, ma non è mai stato per sempre, perché le mie mani non la stringevano abbastanza, e ogni riflesso lasciato nell'anonimato dell'ombra si è incendiato in un ricordo mediamente lontano, niente di più.

Ed è diventato ossessione, droga, martirio e distruzione di tutta la mia anima, ormai trasparente, con cicatrici profonde. Una passione al rovescio, per certi versi.

Eppure ci credo, quasi fosse il dio che non ho mai conosciuto, che non ho mai voluto conoscere. La bellezza.

Dea bellezza, che dà fuoco ai miei meccanismi di essere umano, che scalda e avvolge al primo colpo ogni emozione che riesco a provare.

È l'alba dei sensi, il tramonto di un sogno che chiude gli occhi insieme a me, è la luce di un sole che non muore mai.

Tutto questo l'ho trovato in lei, brivido incessante di tutto il mio universo, estasi perduta in non so quale angolo della mia vita, vissuta ai margini del mondo.

Ma ora mi sembra di poter respirare veramente, di vivere al centro di quel mondo, un giardino in fiore che mi parla di lei, che mi porta a lei.

Lei, fiore evanescente che ho raccolto con un solo sguardo per fissarlo nella memoria, con il desiderio di proteggere, amare, venerare all'infinito.

Questo gioco si basa sulle sensazioni, sulle vibrazioni che riesco a percepire, arpeggi di chitarra che si amplificano sulla grancassa del cuore.

È una dedica dei sensi, alla donna disegnata che continua a vedermi senza quelle ali che potrebbero salvarla, e farla volare via con me nei miei Cieli di Valium.

Ma anche se non ho le ali, non significa che io non sia il suo angelo. Mi poserò in mezzo al suo cielo, e continuerò a chiamarla, inseguendo quella bellezza che cerco da una vita.

E sarà per sempre, perché le mie mani sapranno finalmente riconoscerla, e stringerla a me, abbracciando quel sogno di libertà, abbracciando alba e tramonto, abbracciando, insieme. Senza tremare. *È tutto fantastico. Essenzialmente.*

Ma forse è tutto fantastico perché è solo un sogno. E ora sono sveglio, non dovrei certo usare il presente, dubito anche della proprietà di quel sogno.

Il problema è che noi non decidiamo mai niente, ma siamo sempre troppo presuntuosi da voler programmare e prevedere tutto.

Siamo proprio stupidi a pensare che noi stessi possiamo condizionare la nostra vita, perché siamo liberi solo quando ne abbiamo la possibilità, e non lo decidiamo noi.

Non lo decidiamo mai, purtroppo. La libertà, e con lei la felicità, non è razionale, non è un interruttore che si può accendere o spegnere, ma è casuale, e gli eventi delle nostre realtà più lucide ne sono la prova. Il che mi irrita, e mi porta allo sbando.

La libertà, e con lei la felicità, è una cornice antica, elegante, è una scenografia indipendente dal libero arbitrio. A tutto questo l'uomo intellettuale ha affibbiato il nome di *Destino*.

In questo smarrimento magramente edonista, erigo i miei castelli di rabbia. E quando penso a lei, prende forma la mia libertà, la realtà che casualmente vorrei sentire tra le mani.

Un amore platonico, ho sempre pensato, e forse è così, ma è amore, quello vero, quello che profuma di libertà, di bellezza, di novità, e il vero amore, si sa, è casuale, ipotetico, irrazionale.

Amore che brucia, che dona forma ai sogni, che doma le tempeste, o molto più probabilmente le crea. E così fa lei, che rende invisibili le sbarre della mia prigione, e le colora di cielo, per farmi sentire quel profumo senza prezzo. Lei è l'unguento che cura le mie ustioni, bruciature profonde messe a segno dalla vita.

La amo, e mi fa uno strano effetto dirlo, ogni giorno in modo diverso, fanculo alla vita, alla razionalità, al rispetto di ogni dettaglio esistente su questo mondo pallido.

Verità e libertà e amore, irrazionali, ipotetici, lasciati in mano all'ignoto, a cui l'uomo intellettuale ha affibbiato il nome di *Destino*, sovrano divino nell'infinito regno della mia essenza, che da una vita lancia i dadi al posto mio. Il che mi irrita, a volte, perché mi fa sentire routinario, ma so perfettamente di non esserlo davvero.

In fondo al mare lascio annegare i miei sogni, i miei misteri, e i desideri che stanno lì a seccare, a peccare sullo specchio dell'acqua, dinnanzi al tramonto, complice delle mie visioni migliori.

Cosa resta di me? Un soffio di vento. E un pensiero.

Noi non decidiamo mai niente, ma siamo sempre troppo presuntuosi da voler programmare e prevedere tutto. Anche un amore. Un amore sovversivo, che ora è lontano, in fondo al mare, dove alba e tramonto non si possono più vedere, né inseguire. *Era tutto fantastico. Essenzialmente.*

La bellezza non è tutto, e da sola non sarà mai in grado di salvare nessuno. Né lei, né me.

Love will tear us apart again.

L'AMORE MIGLIORE

Ogni cuore è un mondo piuttosto oscuro e tortuoso, entrarci dentro è un'impresa per pochi. Ogni cuore ha un messaggio davanti alla sua porta d'ingresso.

All'entrata del mio cuore ci sono pochi volti, qualche macchia di sangue e un cartello che recita *HAI PAURA DEL BUIO?* Anni fa me lo chiesero anche gli Afterhours, gran cd.

È un messaggio che invita a girare al largo, a non avvicinarsi se non si è convinti, a cercare altri tipi di luce, perché nel mio cuore è buio veramente, e si rischierebbe di cadere in qualche trappola.

In quel buio piuttosto remoto, addolcito dalla luce di qualche candela ormai spenta, si è insinuata una donna.

A lei ho dato il mio amore migliore. Amore con la A maiuscola.

Parole distese su un foglio bianco, ferite che credevo chiuse che si riaprono, ogni volta che la guardo di nascosto. Tagli che sanguinano, che mi lasciano immobile e senza voce, pezzi dell'anima che credevo smarriti messi di nuovo a nudo, ogni volta di più. A lei dedico le mie emozioni più forti.

Immagini che credevo chiuse nella memoria, con la chiave messa sotto il tappeto, davanti alla porta d'ingresso, in perfetto stile americano.

A lei darei il benvenuto ogni giorno, e probabilmente nessun altro avrebbe mai un simile riguardo.

A lei dedico i miei brindisi infernali, quando mi perdo sui baratri del mondo, quando tutto gira storto e mi anniento tra le onde del vino rosso, nella speranza che mi accarezzi i capelli e che mi dica che è tutto ok.

A lei dedico il mio *Ti amo* più sofferto, in una sera d'inverno, convinto di poter fare qualcosa di speciale, di limare le mie follie, ma lì ho sbagliato, ho sbagliato nei modi, nell'atteggiamento, nell'immaturità, ho sbagliato il momento, le reazioni.

Nonostante tutto, però, non me ne sono pentito affatto. Mai.

A lei ho regalato la prima rosa bianca, per poterla colorare di rosso, insieme.

Poesia fatta di mani, di labbra, di occhi, che si intrecciavano sotto le stelle, accendendo passioni, misteri e silenzi, da dimenticare durante le mie notti insonni.

Forse avrei dovuto farlo, mi sono detto spesso, quando la fortuna non girava.

Ma non ho mai dimenticato niente, non un dettaglio, né un istante trascorso con lei, non ho mai avuto voglia di liberarmi di quel sogno.

A lei penso, ogni volta che il cuore batte più forte, ogni volta che arriva l'inverno, quando ho voglia di fare l'amore, ogni volta che piango.

Perché a lei ho regalato le mie uniche lacrime per una donna, e non è un caso. A lei ho dato il mio amore migliore.

È bello rivederla, in attimi che non hanno ritorno, sentire il suo profumo e dimenticare il dolore, rendere più sottile la nostra distanza e volare, anche solo il tempo di una canzone.

A lei dedico *Wonderwall*, la nostra preferita.

Cuore in tempesta, come la notte, come un paradiso o un tramonto, che risplendono sotto la pioggia. A lei dedico la luce.

Quella che ho perso per strada.

E poi vedo il buio, intorno a me, ancora una volta.

Tutto passa, e scappa via, ma quando arriva un ricordo bisogna lasciarlo libero di spaziare dentro di noi, anche per vedere che effetto fa, e nel mio caso è sempre una gioia immensa, velluto angelico che si infrange sulle barriere di plexiglass che mi circondano, invasione delle mie fantasie.

Voglia segreta di un ultimo bacio, curiosità di sentirne il suono delicato, e di un'ultima domanda: *HAI PAURA DEL BUIO?*

A volte sono i ricordi stessi a rispondere.

Finché avrò un ricordo da far tornare, sarò vicino a lei.

Il mio amore migliore.

FINESTRE SUL MONDO

A volte rischio di perdere il controllo di me stesso, come se lasciassi scivolare via la mia vista dalla finestra sul mondo.

Quello scenario è un vortice di volti, pensieri, parole, caratteri, paesaggi e colori, che se ricambiati allietano il mio umore solo se ne resto all'esterno. Posso vedere la rugiada dai riflessi indaco sui fili d'erba del mio giardino, i riverberi del sole attraverso i vetri, il mare freddo e blu di novembre in cerca della sua fine, la danza degli alberi che accarezzano il cielo perlaceo, poco oltre.

Ma, in effetti, nel mondo non mi sento altro che un pittore, che non sente sua la tela sulla quale posa gli occhi, nell'ingenua convinzione di averla dipinta lui stesso, anni addietro.

Mi guardo tutt'intorno, e con occhi forse dissimili ai miei posso vedere quanto la vita sia lucente, e meravigliosa.

Temo sia la prima volta che lo scrivo, e come tutte le prime volte, lascia il segno.

Senza la mia vita sarei come un'onda senza il mare, come un salice in una corsia di strada provinciale, sarei il tutto in un niente infinito, o un ricordo talmente sbiadito da lasciare amara la lingua, insieme a ogni sensazione. A volte me ne accorgo, e avrei voglia di piangere, forte, ma quando piango troppo rischio sempre di scivolare.

E questo proprio non mi va.

A piedi nudi su un pavimento di marmo umido, freddo da perdere la sensibilità, e io che arranco, come un pattinatore alle prime armi, tentando di restare in piedi. Ci riesco, sorrido.

Sento le carezze dell'aria fresca. a poi mi guardo intorno, giro su me stesso, e vedo un bambino che sorride davanti a me, con gli occhi felici e senza nuvole di pioggia, talmente belli da sembrare i tuoi. Vedo le sue labbra di porpora schiudersi e baciare un fiore, lasciando l'idea di odio e di ogni male in un nuovo continente dimenticato.

Mi trova, con quegli occhi di vento, e mi ricambia uno sguardo di curiosità, a tratti complice, come se anch'io avessi i suoi tre anni. Tenta di farmi entrare nel suo mondo, donandomi quel fiore. Lo prendo dalle sue dita sottili, e lo poso sulle labbra, guardandolo divertito.

Quel bambino stupendo ruba un pezzo del cuore che mi resta, gli guardo le mani, e poi la forma della bocca rosea.

Una strana sensazione mi avvolge, facendo da contorno alla lieve malinconia che evoca la logora panchina in legno su cui siedo, al centro del grande parco che colora la città.

Appoggio delicatamente due delle mie carezze migliori sulla sua testa, dai capelli di seta, e poi corre via, andando incontro a sua madre.

Sento di amare quel bambino come se fosse mio figlio, a volte capita di vedere in un bimbo sconosciuto ciò che ci si aspetta, o si ha desiderio di vedere, dopo nove mesi di interminabile attesa.

Vorrei che mio figlio fosse come quel meraviglioso diamante di pace e spensieratezza, che avesse gli occhi verdi, proprio come i tuoi, impossibili da dimenticare, impossibili da non amare. Ma quel bambino non è mio, è un po' mi dispiace, perché sa sognare, ama i fiori e ha un sorriso ipnotico.

Lo guardo muovere i suoi passi veloci verso la prima donna che ha visto, la prima donna che ha amato, l'unica che non lo tradirà mai. Quel bambino non è mio figlio. È il tuo.

L'ho capito dagli occhi di giada, dalle mani da pianoforte, dalle labbra disegnate, e sapevo di non potermi sbagliare.

Il tuo sorriso in lontananza mi abbraccia, mentre stringi al seno il tuo sogno migliore, dimostrando una felicità e una bellezza davvero invidiabili, e la tua forza nel crescere quel sogno da sola, incurante delle difficoltà, quando avevamo perso uno le tracce dell'altra.

Quel bambino è per te ciò che tu sei per me, la mia finestra sul mondo, proprio quella che nei giorni un po' così si socchiude dinnanzi agli occhi miei. Ma non è più tempo di vederla chiusa.

Voglio aprirla ogni giorno, per raccoglierne i raggi del sole più caldi sulla pelle, quelli che solo tu sei stata in grado di darmi.

E anche se questa splendida creatura non è mio figlio, farò in modo che sia mio, crescendolo insieme alla donna che amo.

Non è un finale di un film, ma tracce di un sogno da fare in due.

LE ALI DI ICARO (UNA STORIA DI BOXE)

A volte vorrei avere le ali di Icaro, anche se fissate con la cera. Il solo pensiero mi dona un senso di libertà che nemmeno un intenso dolore, o la vittoria più bella, sarebbero in grado di regalarmi.

Questa non è una storia da *Fight Club*, ma anch'io combatto di notte. E nessuno sa tenere il segreto.

Da buon pugile non professionista quale sono, non poteva andarmi meglio. Mi sono salvato per tempo dall'agonia dei guantoni e dei richiami arbitrali, proprio un attimo prima di iniziare a fare sul serio. Per fortuna, non venendo dalla strada come Rocky Balboa, ho continuato a guadagnarmi da vivere, puntando su un decente lavoro di prospettiva. Come tutti i trentenni moderni.

Finché, un bel giorno di qualche anno fa, non scoprii per caso questi combattimenti notturni, dove il vincitore si porta a casa un mucchio di soldi. Così ho dato una bella sferzata d'energia al mio misero stipendio di venditore d'auto usate, fino a oggi, visto che i preventivi che stilo, ultimamente, sono ottimi soltanto come carta igienica. Mi chiamano *El Tanque*, quando sfilo la cravatta, mi spoglio della camicia, e del completo buono.

El Tanque, come carro armato.

… Suona la sirena delle sei, seguo il solito fiume di anime, uomini che escono mesti e silenti dall'ufficio, per tornare a casa, dalle proprie famiglie.

Io non ho una casa a cui tornare, non ho una donna con cui divertirmi di notte, o un'ex moglie da mantenere. Per me c'è stata sempre e solo la boxe, negli ultimi quindici anni.

Iniziai per necessità, per difendermi dai bulli delle scuole medie che mi pestavano quattro volte a settimana, dal lunedì al giovedì. Il venerdì, invece, me lo lasciavano di riposo, in modo da farmi assorbire senza fretta i lividi, nel weekend. Li ho visti di recente, i tre dell'Ave Maria, stanno ancora raggranellando qualche soldo per potersi permettere quel dannato intervento al naso, e non c'entra la coca che utilizzano abitualmente. Loro furono i primi a cadere sotto i miei colpi. E, guardando la cosa con un certo cinismo, sono stati anche fortunati.

… È ora. Sfilo la cravatta, mi spoglio della camicia, e del completo buono. Infilo di corsa un paio di pantaloncini, e una canottiera che usavo durante gli allenamenti, ai bei tempi. Stringo le fasce intorno ai polsi e alle mani, faccio i rituali dodici giri mentre svuoto la testa come la peggiore delle cantine impolverate. Ora sono *El Tanque*, temuto e rispettato da chiunque non abbia memoria.

Faccio sgranchire spalle e collo. Alzo il culo dal cofano della mia auto, e mi dirigo a passi lunghi e lenti verso il solito, improvvisato, ring d'asfalto, delimitato da zaini, borse, felpe e giacche di seta. Un allibratore – è diverso per ogni combattimento, per la trasparenza delle scommesse – si avvicina a me per informarmi della mia quota, in caso di vittoria. Finalmente, compare anche il mio avversario, dalla fitta folla di spettatori. Dicono che pratichi il muay thai, sarà un osso duro. Ci posizioniamo agli estremi di quello spazio inviolabile, guardandoci negli occhi.

… Inizio a danzare come se non ci fosse un domani. Lui sembra di pietra, rimane immobile a guardarmi mentre muovo le gambe, elegantemente, su quello sputo d'asfalto. Lascio partire il mio primo destro, schivato. Parte il montante, fermato con i polsi incrociati. Sono colpi che romperebbero una testa, ma lui li smorza, senza aver fatto nemmeno un passo.

Parte lui, improvvisamente, con un calcio. Mi prende in pieno l'addome, sento rompersi almeno una costola. Cado a terra, inerme. Lui alza timidamente le braccia al cielo, convinto di avermi già finito.

Inizio a ridere come un pazzo, lentamente mi alzo, e mi rimetto in guardia. Lui finalmente, si muove, e parte all'attacco, veloce come un serpente, consapevole di avermi fatto male. La sua raffica di calci e ginocchiate tenta di colpirmi ancora ai fianchi, ma mi copro bene dagli attacchi.

È davvero bravo, penso tra me, *anch'io avevo quel fuoco quando mi allenavo per diventare un vero pugile* … Sgombro di nuovo la mente, non è il momento per i sentimentalismi, adesso.

Sento il suo respiro diventare invisibile, l'odore acre del suo sudore saltarmi addosso, è una sensazione che non mi piace. Tirando solo di boxe, in uno scontro con un avversario che usa anche testa e gambe, trovo palesi difficoltà nel trovare strategie e spazi di manovra, ma mantengo la posizione, perché il tizio si fermerà, prima o poi. Non va certo a energia solare.

L'attesa, e tutti quei colpi presi, danno i frutti sperati. Solo per un attimo, infatti, lo vedo scoperto mentre riprende ossigeno, e gli sparo contro il mio diretto migliore. Il mio maestro, sarebbe dannatamente fiero di me. Il colpo è di rara potenza, come se uscisse dal cannone di un carro armato. Di un *Tanque*. L'impatto del mio pugno contro il suo viso, tra la tempia e l'orecchio, è quasi inumano. Cade a terra, tra poche, impercettibili convulsioni, poi resta immobile, un'ultima volta. È finita, non respira più.

Non ho nemmeno il tempo di alzare le braccia in cielo, in segno di vittoria. Tutti i presenti svaniscono nel nulla, correndo all'impazzata, come tanti polli senza testa. L'allibratore mi lancia contro una borsa piena di soldi, prima di dileguarsi, anche lui, nel buio denso della notte.

Afferro la borsa e salgo in macchina, ho un disperato bisogno di una doccia, e di qualche ora di sonno. Domani alle nove dovrò essere di nuovo in ufficio, puntuale come sempre, per combattere i bagliori della mia precarietà. Il senso di colpa per la fine del mio avversario, è lenito dall'ennesima affermazione in strada. *El Tanque* ha vinto di nuovo. Era inevitabile. Era scritto. Doveva semplicemente andare così.

… A volte vorrei avere le ali di Icaro, anche se fissate con la cera. Il solo pensiero mi dona un senso di libertà che nemmeno un intenso dolore, o la vittoria più bella, sarebbero in grado di regalarmi.

Ho dato tutto per la boxe. È l'unica cosa vera di tutta la mia vita. Forse un giorno tornerò su un vero ring, mi manca il suo profumo e l'adrenalina che mi ha sempre trasmesso.

Non chiedo altro che cadere, finalmente, e sentirmi di nuovo libero, come quando vinsi il mio primo incontro. O come quando, ancora giovanissimo, decisi di appendere i guantoni al chiodo, per quel *knock out* subìto dopo soli ventitré secondi del primo round. Ricordo il conteggio dell'arbitro, il fastidioso ghigno del mio avversario, i fischi del pubblico. Quando il pensiero vola a quel pomeriggio, scopro una ferita ancora aperta, sul mio cuore. Da allora, non vidi mai più il tramonto, ma solo splendide e maledette aurore, che quasi mi inseguono, spingendomi sempre più in alto, verso il sole lucente.

Proprio lassù, anche la cera delle mie ali cederà, i nervi si distenderanno, nuovi lividi sbocceranno come fiori, e sarò finalmente fiero.

Di andare al tappeto.

TRA I PRATI VERDI DELLA PREMIER LEAGUE

Il mio nome è Johan Gillespie.

Calciatore professionista, un metro e ottantaquattro centimetri di altezza per settantacinque chilogrammi. Vengo dalla Londra perbene, che è sinonimo di facciata, di apparenza, dove i padri fanno i banchieri e le madri le direttrici aziendali, dove i figli vanno bene a scuola e poi, una volta tornati a casa se ne stanno poco allegramente in compagnia della colf, fino a tarda sera.

Vengo dalla Londra perbene, dove anche se una famiglia cade a pezzi, il divorzio è un'utopia, perché macchierebbe indelebilmente il suo cognome.

Questo è l'inizio della mia storia, fatta di facciata, di insicurezza, e di un sogno. Giocare a calcio. Nonostante tutti i ragazzi della mia età fossero vestiti a puntino per la scuola, all'uscita ci si dava appuntamento dietro la cattedrale di St. Paul, dove avevamo attrezzato, grazie anche al provvidenziale aiuto del Reverendo Williams, un vero e proprio campetto di calcio, con porte, perimetro in gesso e tutto il resto, con tanto di *spogliatoio* – in realtà era semplicemente un capanno per gli attrezzi – provvisto di divise, palloni di cuoio e pettorine.

Lì giocavamo per ore, fino al tramonto, e ci sentivamo liberi di sognare, di sfogarci, di concederci un'occasione. Solo i nostri padri non la vedevano così, ed è inutile raccontare delle botte che prendevamo una volta tornati a casa, sporchi di terra, con le ginocchia e i gomiti sbucciati, e senza cravattino. Come se loro non fossero mai stati ragazzi. Come noi.

Dopo tante battaglie e ripicche reciproche, alla fine convinsi mio padre ad iscrivermi ad una scuola calcio, se voleva smettere di vedermi rientrare in quelle condizioni era un buon punto d'incontro, dopotutto i miei voti erano ottimi e meritavo qualcosa in più delle sue fottute dieci sterline a settimana. Dopo qualche altro tentennamento, accettò, e tramite alcune sue conoscenze mi fece entrare direttamente nelle giovanili del Leyton Orient.

Il provino fu una formalità di corsa e palleggi, due delle mie caratteristiche migliori. Il mio primo allenatore, mister Bramble, osservandomi in allenamento, decise così di schierarmi in campo nel sabato pomeriggio successivo, sul lato destro della sua difesa a quattro. Pioveva parecchio, questo lo ricordo bene, ma mi sentivo felice, perché era il primo passo verso il mio sogno. Perdemmo 3-0, ma a me andava bene così. Passavano le settimane, e gli allenamenti si facevano più duri e intensi, ma ce la mettevo tutta per arrivare al meglio alla partita del sabato.

La mia corsa migliorava, così come i movimenti e il tiro in porta, ma l'allenatore si ostinava a mettermi in difesa, e anche se sul campo brillava tiepido il sole, facevo acqua da tutte le parti. Così iniziò la panchina, per punizione, per aver detto al mister di cambiare il mio ruolo, nonostante facessi il possibile per dare una mano alla squadra.

Poi, fortunatamente, l'allenatore scelse una nuova squadra da rovinare, e da noi arrivò mister Brighton, apprezzato dall'ambiente per il suo calcio offensivo. A lui devo molto, lo ricordo con grande affetto.

Puntò subito su di me dall'inizio della stagione successiva, come esterno del tridente d'attacco, dal canto mio volevo assolutamente segnare il primo gol, e non tardò ad arrivare.

Seconda giornata, contro lo York. Un lancio dalla nostra difesa vide pronto il centravanti a spizzare di testa il pallone verso il vertice destro dell'area di rigore. Io seguii l'azione e iniziai a correre verso la sfera, calciando con tutta la forza che avevo nelle gambe. Fu un gol fantastico, il primo dei 12 in 32 partite. Cercavo mio padre sugli spalti d'asfalto del campo sportivo, ma di lui, così come nella mia vita, nessuna maledetta traccia.

L'anno successivo fui chiamato spesso nella squadra Primavera, fino a farne parte in pianta stabile, già al mio terzo anno al Leyton. Fui così bravo da togliere il posto all'ala destra titolare, e a realizzare 8 gol in 26 partite, dopo un po' di inevitabile panchina iniziale.

La chiamata in prima squadra non tardò ad arrivare, e così a diciassette anni provai il brivido di esordire nella Seconda Divisione inglese, in casa contro il Chesterfield. Finì 1-1 in rimonta.

Ricordo che quello fu un anno duro, la preparazione atletica e tattica era completamente differente rispetto alle giovanili, e feci davvero una gran fatica ad inserirmi nei meccanismi di mister Grant.

Lottavamo per la promozione, e quindi anche per la giovane età, trovai poco spazio, ma oltre ai vari spezzoni di gara che mi ritagliavo quando possibile, le ultime due partite mi videro in campo, grazie alla squalifica dell'ala titolare. Dovevo dare il massimo, a tutti i costi.

Erano due scontri diretti, con il nobile decaduto West Bromwich Albion, primo in classifica, e con il Lancashire, secondo a pari punti con noi. Feci un gol e un assist nella vittoria per 2-1 contro il WBA, e una doppietta nel 2-0 rifilato a domicilio al Lancashire, all'ultima giornata. 3 gol in 8 partite stagionali, primo posto in classifica e storica promozione in Championship, la serie cadetta inglese. Fu lì che lasciai gli studi, giusto il tempo di conseguire il diploma.

Arrivò il mio primo contratto professionistico, a mille sterline alla settimana. Mio padre, tanto per cambiare, non approvò, per tutta risposta me ne andai di casa, e trovai un procuratore, Charlie Walker, che fosse in grado di curare i miei interessi. L'anno successivo in Championship fu un totale fallimento per il Leyton, ma a diciotto anni ero una delle colonne della squadra, mettendo a segno 8 gol in 36 partite.

Alla fine della stagione la squadra era retrocessa, ma su di me si posarono gli occhi porpora e blu del West Ham United, che pagò la bellezza di

460.000 sterline per assicurarsi il mio cartellino e battere l'agguerrita concorrenza.

Dopo quasi cinque anni al Leyton Orient, passai così ad un altro club londinese, questa volta di Premier League, che mi riportò vicino casa, con un contratto di cinque anni a circa dodicimila sterline alla settimana.

Mi ritrovai d'improvviso nella Londra operaia, dove quella maglia e quei colori sono una vera e propria fede, dove i ragazzi lavorano in cantieri o supermercati, dove la droga sporca le loro vite, nei vicoli più oscuri. Nella Londra perbene, che vive di apparenza, la droga gira lo stesso, probabilmente anche di qualità superiore, ma tutti mantengono il segreto.

Militai al West Ham per sei anni, guadagnandomi il rinnovo di contratto – anche se contemplava un solo anno di prolungamento accettai per amore della maglia – quando la società attuò sulla squadra un mix selvaggio di rivoluzione, svecchiamento, e tagli causa crisi economica. Dal giorno della mia presentazione ho sempre avuto addosso la maglia numero 7, che scelsi in onore del mio idolo, George Best. Con il West Ham fu una vera e propria scalata al successo, io stesso ero diventato la più grande scommessa mai vinta dal club nei suoi ultimi venticinque anni di storia.

Negli anni, il mio stile di gioco era diventato ormai inconfondibile, smistavo con eleganza passaggi e assist smarcanti ai miei compagni, spesso tentavo la conclusione, correvo per i prati verdi della Premier League come un bambino che insegue il suo aquilone. Tuttavia, nel mio scintillante quinquennio – 68 assist e 56 gol in 172 partite – la squadra non ingranava, e fino al terzo anno oscillavamo continuamente tra l'ottavo e l'undicesimo posto in classifica. Nel quarto anno sfiorammo la retrocessione, mentre alla fine del quinto anno accarezzammo la qualificazione alle coppe europee, perdendo lo scontro decisivo all'ultima giornata contro il Newcastle, per 1-0, nei minuti di recupero.

L'esaltante stagione e la mia definitiva maturazione calcistica, mi valse così, a venticinque anni, la convocazione di mister Brighton, mio mentore nelle giovanili del Leyton Orient e nuovo commissario tecnico della Nazionale dell'Inghilterra, chiamato per dare gioco offensivo ed effervescenza alla selezione chiamata a difendere i colori inglesi ai Mondiali di calcio in Spagna.

Partivo come ala destra titolare. Il girone vedeva l'Inghilterra contro Cile, Ghana e Danimarca. Vincemmo allegramente con i sudamericani 3-0 – due dei tre assist furono i miei – e con la squadra africana 3-1 – un assist e il rigore del 2-0. Con la Svezia pareggiammo 1-1, ma non giocai in quanto mister Brighton scelse di fare un po' di sano turnover. Gli ottavi di finale ci videro affrontare l'Argentina, che battemmo 2-1 ai supplementari – la mia prestazione fu sottotono.

Nei quarti di finale fu la volta della Francia, che surclassammo con un perentorio 4-1 – grazie anche ai miei tre assist e al rigore che fissò il punteggio. In semifinale affrontammo la Germania, e fu una gran fatica. Vincemmo 1-0 all'ultimo minuto dei supplementari.

Che spettacolo vedere l'Inghilterra in finale della Coppa del Mondo, credo sia una delle sensazioni più belle per un calciatore. Ero felice per il paese, per i tifosi, per mister Brighton e per me stesso, perché giocavo veramente bene. C'era nell'aria un ottimismo incredibile, e pensavamo sul serio di poter entrare nella storia con un altro successo roboante.

Il Brasile, purtroppo, non la pensava allo stesso modo, e vinse per 3-2 nel match decisivo. Il primo tempo finì 3-1 per loro, poi realizzai il 3-2, ma non avevamo più forze, non potevamo fare di più. Andai sulla forca per un rigore mandato in tribuna a cinque minuti dalla fine.

Fu un vero peccato, maledizione, a volte ho ancora gli incubi di quel tiro.

Appena rientrato in Inghilterra dalla splendida, seppure amarissima, spedizione mondiale, Charlie mi informò che si stava muovendo qualcosa, pur non avendo troppe notizie al riguardo. Una settimana dopo, verso la metà di agosto, mentre ero in vacanza a Zanzibar scoprii da

Charlie che ero stato venduto, ad una cifra record, circa trentaquattro milioni di sterline, al Manchester United.

La scusa ufficiale fu che il mio sacrificio era inevitabile per ripianare la pericolosa situazione finanziaria del West Ham, a rischio fallimento.

Durante la conferenza stampa, in cui firmai il contratto in diretta tv, a cifre incredibili – accordo quadriennale a quasi settantacinquemila sterline alla settimana, 100 % diritti di immagine a mio favore, e la maglia numero 7 che fu del mio idolo George Best – piansi come un bambino, perché il West Ham, dopo anni di battaglie, era ormai parte di me.

Ad essere onesto, però, mettendo il cuore da parte, giocare con lo United era tutta un'altra storia. Sir Alex Ferguson, che aveva voluto fortemente il mio acquisto, mi faceva scendere in campo anche con quaranta di febbre. Avevo completa libertà negli schemi di gioco e i risultati non tardarono ad arrivare. Nei primi due anni con i Red Devils vinsi due scudetti consecutivi e misi a segno una quantità incredibile di reti, 27 nella prima stagione in 38 gare, 22 nella seconda, scendendo in campo 33 volte. Ero il nuovo idolo della tifoseria, continuavo a correre per i prati verdi della Premier League come un bambino che insegue il suo aquilone, e mi stavo guadagnando a furor di popolo l'appellativo di *sesto Beatle*. George Best era il quinto.

Ma un bel giorno, come in ogni favola che si rispetti, qualcosa cambia. Magari è un'emozione, un'immagine, a volte semplicemente un suono. È inevitabile. Il suono peggiore si fece strada in una giornata di maggio, durante il derby di Manchester contro il City. Un'entrata assassina del difensore avversario, un sussulto di agghiacciante silenzio. Non tardò ad arrivare, quel suono. *Crac.* Era il suono del ginocchio piegato in modo innaturale, era il suono della rottura del tendine e dei legamenti, era il suono della fine. E poi un urlo di dolore capace di squarciare il cielo inglese e di entrare in paradiso, in una giornata di pioggia. Ero un bambino che aveva appena perso il suo aquilone, Piangevo, mentre mi portavano via in barella, ma sentivo tutto lo stadio applaudirmi e incitarmi, quasi fossi l'idolo del City, oltre che dello United. Chiudendo gli occhi, accennai un timido e sofferente sorriso. Poi, forse per il dolore, persi conoscenza.

Rimasi fuori per quasi due anni. Due stagioni intere. Un'infinità di tempo. Di solito ce ne vogliono di meno, ma ebbi dei problemi enormi dopo l'intervento. Scoprii di avere una muscolatura di cristallo e che, in parole povere, il tendine e i legamenti facevano fatica a saldarsi nuovamente, e a cicatrizzarsi. La cosa peggiore fu il secondo *crac* durante la riabilitazione, che mi lasciò lontano dai campi ancora più a lungo, e con il morale e la fiducia ridotte al lumicino.

Lo United, una volta giunto a scadenza di contratto, si liberò di me motivando la scelta con un elegante *ci dispiace, ma non possiamo tenerti. Sappiamo tutti che non tornerai mai più quello di prima. Buona fortuna.* Con altrettanta eleganza, sfondai l'ufficio e i visi dei colletti bianchi della dirigenza, Charlie nemmeno mi fermò. *Ricordate che è solo grazie a Johan Gillespie se lo United ha vinto due fottuti scudetti consecutivi, FA Cup e Supercoppa di Lega.*

Rimasi quindi senza squadra, senza integrità fisica, con una bottiglia per amica. Charlie faceva di tutto per trovarmi un buon ingaggio, ma era palese che arrivato a quel punto, neanche lui ci credeva più, la riabilitazione era lunga e dolorosa, e per non sentire il dolore bevevo fiumi di whisky. Rimasi fermo fino al successivo mercato invernale, ma feci di tutto per tornare a correre, per tornare a lottare. O anche, semplicemente, per tornare a stare in piedi. Nell'ultimo giorno utile per i trasferimenti, avvenne il miracolo.

Tre squadre erano interessate al mio ingaggio, con la speranza di rilanciarmi – e, probabilmente, di sbeffeggiare lo United. Potevo scegliere tra l'Everton, il Wigan Athletic, appena promosso in Premier League, e il Leeds United, che probabilmente sarebbe stata la mia scelta, se non si fosse inserito in extremis il West Ham. Ed è vero che al cuore non si comanda, perché scelsi di tornare ad indossare la maglia porpora e blu degli *hammers*, penultimo in classifica in Premier League e dato ormai per spacciato. Firmai un contratto fino al termine della stagione, e andai a sostituire l'ala destra, venduta all'Arsenal per fare cassa, anche se non potevo partire titolare. Mister Brighton era stato ingaggiato poco prima di Natale, dopo aver concluso l'esperienza con la nazionale inglese, e la mia scelta fu molto condizionata dalla sua presenza in panchina.

Giocavo spezzoni di partita di una ventina di minuti, ma non avevo più la velocità di un tempo. In più, il terrore di un nuovo *crac* al ginocchio mi rendeva molle nei contrasti. L'idea di mister Brighton di cambiare il mio ruolo, a trent'anni suonati, risultò determinante per tornare titolare e provare ad illuminare la squadra, arrivata a maggio ad un passo dall'impensabile salvezza. Diventai così il trequartista del West Ham. E dopo qualche mese di rodaggio, giocai dopo quasi tre anni di apnea la mia prima partita da titolare all'ultima giornata di campionato, proprio contro il Manchester United, che mi aveva buttato via come uno straccio vecchio.

2-0 per i Red Devils alla fine del primo tempo. Nella ripresa sfoggiai una prestazione splendida, quasi presa in prestito dai bei tempi andati, con un assist, un gol su calcio di punizione e il rigore decisivo nei minuti di recupero. Sentii il demone dell'odio volare via dal mio cuore mentre esultavo. Nonostante andassi a ritmi lentissimi per la Premier League, il mio numero 7 tornò a brillare, anche solo per un attimo, come una cometa estiva. Giusto il tempo di una partita. Quella che diede la matematica salvezza al West Ham, e che mi regalò la vendetta perfetta contro lo United. L'ultimo grido di battaglia nel 3-2 finale.

Lasciai il West Ham al termine di quella stagione, con 3 reti in 12 partite. Ma il ginocchio aveva ripreso a scricchiolare, i dolori erano sempre più forti e continuavo a bere esageratamente. Cercavo una squadra che mi garantisse il massimo stipendio con il minimo sforzo. Il Blackpool Football Club fu la scelta giusta, in prima fascia nella Championship – la serie cadetta inglese, che avevo già assaggiato con il Leyton Orient qualche anno prima – contratto biennale a trentamila sterline alla settimana, maglia numero 7 e presentazione da superstar.

Se nel primo anno andò mediamente bene, anche se viaggiavamo a metà classifica, deliziavo il pubblico con giocate di gran classe – 10 gol in 30 partite, quasi tutte su calcio di punizione o su rigore – e tanto per cambiare diventai in pochissimo tempo l'idolo dei tifosi. Le mie condizioni fisiche e i reali risultati sul campo peggioravano, però, ogni giorno di più, e bevendo a dismisura iniziai ad avere degli scatti d'ira sempre più frequenti, e problemi piuttosto gravi al fegato. Tradotto, stavo buttando la mia carriera e il mio futuro nella tazza del cesso. O forse, l'avevo già fatto, ed era tempo di tirare soltanto lo sciacquone. Chissà.

Il secondo anno al Blackpool mi vide più in tribuna che in campo – 1 gol su calcio di rigore in 7 presenze – non andavo nemmeno ad allenarmi durante la settimana, litigavo con tutti i compagni di squadra e non scambiavo una parola con nessuno. I tifosi credevano che la società mi avesse venduto in gran segreto, ma la verità era che non mi voleva più nessuno.

Iniziò a trapelare la notizia che ero un alcolizzato, che mi imbottivo di antidepressivi, che ero un violento e che per il mio atteggiamento, avevo preso a pugni il mio allenatore – se l'è cercata, nonostante quello che hanno scritto sui giornali. Così, come un'enorme nuvola sospinta lontano da uno zefiro, venni perso di vista da tutti, le mie giocate migliori – comprese quelle in Nazionale – rinchiuse in fotografie sbiadite, e appese con qualche calamita sul frigorifero dei più nostalgici. Dimenticato, del tutto. Anche Charlie mi aveva ormai mollato.

Al termine della stagione, in una conferenza stampa annunciai il mio ritiro dal calcio, invitando il Blackpool, lo United, l'Inghilterra e tutto il mondo ad andare a fare in culo.

Mister Brighton fu l'unico ad applaudirmi, in quel pomeriggio di inizio estate. Proprio lui, poco tempo dopo morì, stroncato da un infarto. Ricordo di non aver mai pianto tanto nella mia vita, quanto nel giorno del suo funerale. A lui, e al West Ham, rendo grazie ogni giorno in cui apro gli occhi.

Ora ho trentanove anni e faccio l'allenatore-giocatore al Dagenham e Redbridge, una squadretta che milita a fatica nelle serie provinciali inglesi, dove la gente preferisce un barbecue in famiglia piuttosto che andare al campo sportivo a vedere una partita di calcio su terra battuta. Faccio l'allenatore-giocatore senza scendere mai in campo, un po' per paura, un po' per noia. Sono tornato a Londra, in punta di piedi, e vivo in affitto in un appartamento con vista su un tristissimo centro commerciale, che si riempie di gente soltanto durante la stagione dei saldi. Bevo come una spugna e non mi resta molto prima che la cirrosi si prenda il mio fegato e la mia vita, proprio come il mio idolo, George Best.

Se non fosse stato per quel maledetto infortunio, sarei emigrato negli States dopo una carriera folgorante, avrei giocato almeno un altro paio di anni, a fare il fenomeno e a guadagnare una fortuna all'ombra dei fasti del West Ham, o meglio ancora dei due anni di trionfi allo United.

Altro che Blackpool. Invece non ho più un centesimo, non posso permettermi un trapianto di fegato – che affogherei nell'alcool quasi quanto questo – e faccio parlare di me più per le risse nei pub che per le gesta sul campo da calcio. Tiro su qualche sterlina commerciando dischi in vinile perlopiù usati. Tutto il resto – compreso il mio cane e la targa di Miglior Giocatore della Premier League – l'ho perso giocando a poker e a black jack nelle tante bische della provincia londinese, in cerca di fortuna. Ho venduto le mie ultime tre medaglie vinte e sudate sul campo con lo United, ad un rigattiere, in cambio di una cassa di whisky, un paio di Ray-Ban, e una raccomandazione per ottenere l'incarico al Dag & Red.

Il mio nome è Johan Gillespie, eterna promessa del calcio inglese, il tipo delle cause mai sostenute.

Nient'altro che una fottuta meteora, che con un po' di fortuna e di arroganza poteva essere migliore, forse addirittura IL migliore.

Tutto il resto è vita vera.

MAPPA DEL NUOVO MONDO

La dottoressa Evans guardava negli occhi Chris e attendeva le sue risposte attraverso la sua clessidra. I suoi sguardi timidi indicavano il desiderio di un mondo di pace, armonia, e nudità. Cosa c'era di nuovo, però? Nei tre anni di analisi passati su quel divano di pelle marrone così confortevole non gli era mai apparso tanto affranto e deciso. Cosa che supponeva di darle una lucida comprensione della sua mente, o perlomeno qualcosa del genere.

Dall'ultimo test di Rorshach che gli aveva somministrato erano apparsi notevoli miglioramenti rispetto al precedente, per cui Chris o era diventato improvvisamente e terribilmente normale, o aveva contaminato il test in qualche modo.

In quel pomeriggio di pioggia e sole l'uomo aveva risposto con serenità, ma con lo sguardo delle persone che durante una confessione rubano dal piatto delle offerte.

A causa dei suoi recenti disturbi, la sua vita era destinata ad essere un lungo treno-relitto. Una lobotomia poteva sicuramente dare una visione migliore della vita e più comprensione nel comportamento altrui. Chris teneva lontani gli altri dalle sue strade maledette, tra le quali era semplice perdersi anche con una mappa dettagliata. Viveva da solo in un appartamento fuori città, andava due volte a settimana dalla dottoressa Evans, muovendosi a piedi – che libera la mente, diceva – e tutti i suoi parenti erano d'accordo nel credere che sarebbe stata una buona cosa rinchiuderlo in un qualche istituto della periferia di Glasgow – vista mare, s'intende – e di buttare la chiave. La dottoressa Evans era intimamente preoccupata della grande calma che infondeva Chris, e cercava di captare, seduta dopo seduta, tutti i segni nascosti da quell'enigma tanto ermetico. Quel giorno, però, era fermamente convinta che non sarebbe stato un colloquio convenzionale.

Si leggeva negli occhi di entrambi.

- Se il mio desiderio di armonia mi porterà ad uccidere, sappia che non esiterò a farlo.

- E tu sappi, Chris, che non esiterò a denunciarti alle autorità.

- Non può farlo, dottoressa, le ricordo che è vincolata dal segreto professionale.

- Perché hai intenzione di uccidere, Chris?

- Ad essere onesto, ho già ucciso, dottoressa. Proprio ieri notte.

- Chi hai ucciso? Si tratta di Samuel?

- No, dottoressa, è una persona in carne e ossa.

- Perché, Chris, Samuel non lo è?

- Non mi prenda in giro, dottoressa, so perfettamente che Samuel è un personaggio immaginario, e quelle medicine che ha deciso di darmi non si placano a farlo svanire.

- Chi hai ucciso, Chris?

- Ho ucciso un uomo.

- Posso sapere il nome dell'uomo, Chris?

- Padre McCloud, dottoressa.

- Ma di cosa stai parlando? – inorridì la Evans.

- C'era una bambina, dottoressa. Di sette anni. Padre McCloud le teneva la testa. Poi un verso. Godeva e ansimava il Padre, riallacciandosi la patta di fronte all'altare, sotto gli occhi socchiusi del Cristo sofferente. Il suo sesso era ormai in flessione e il naso visibilmente impolverato dalla cocaina. Intimava prestazioni, la colpiva, *succhia il cazzo di cristo* le diceva, e questo non è funzionale per la società che voglio. A malapena ho trattenuto l'impulso di vomitare. La bambina piangeva, pulendosi la bocca, prima di riuscire a scappare via.

- Mio Dio, Chris, è terribile.

- Dio non c'entra, dottoressa. Dio non l'avrebbe mai permesso.

- Poi cos'hai fatto?

- Ho strappato un crocifisso dalla parete e mi sono diretto verso il Padre, che non si era accorto della mia presenza nemmeno mentre era intento a divertirsi. L'ho chiamato per nome, lui con un sussulto si è voltato. Mi ha chiesto cosa volessi, e l'ho afferrato per il collo. Senza dargli modo di parlare e muoversi, con la mano destra gli ho infilato il crocifisso nello stomaco. *Lo senti il peccato dentro di te?* gli ho detto, *lo senti il Diavolo che si muove?* I suoi occhi pieni di stupore e terrore erano il mio specchio. Samuel mi guardava, immobile alla mia sinistra. *A quante bambine hai strappato la purezza? Ora è il tuo turno, il tuo sangue è il mio sangue, e l'Inferno ti aspetta.* Il suo respiro si faceva più pesante, rauco e inumano, quasi di un altro mondo, il mondo che stava per raggiungere. Ho sentito il suo sangue scivolarmi addosso, fino all'avambraccio, mentre spingevo il crocifisso sempre più in fondo alle sue viscere, un centimetro per volta, poi è caduto all'indietro, contro l'altare, sotto gli occhi socchiusi del Cristo sofferente. Dopo dieci minuti di sofferenza finalmente è morto, con gli occhi ancora aperti paralizzati dal terrore, esalando l'ultimo respiro mentre fuori dalla chiesa, nel mezzo di un temporale, un fulmine colpiva l'albero d'ulivo vicino all'immenso cancello in ferro battuto.

Proprio in quel momento, Samuel si è dissolto nel nulla, lasciandomi con un sorriso di placida e benevola approvazione. Ho avuto il tempo di inginocchiarmi per fare una preghiera, con il cadavere di Padre McCloud ancora caldo davanti a me, poi ho pulito il crocifisso dalle mie impronte, e sono corso a casa mia. Questo è quanto, dottoressa.

- Ti senti in colpa per ciò che hai fatto, Chris?

- Molto, dottoressa – Chris iniziava a perdere lucidità, e mangiava ossessivamente le unghie dei suoi indici – Ma ho pregato molto per il mio gesto.

- Che hai, Chris, stai bene?

- Sì, dottoressa – si era ricomposto in modo inquietante, e la fronte iniziava a brillare grazie a piccole perle di sudore – una parte di me potrebbe dire di non essere mai stato meglio.

- E l'altra parte di te cosa direbbe?

- Che mi manca Samuel.

- Credi che sia svanito per quello che hai fatto a Padre McCloud?

- No, dottoressa, Samuel verrà ogni volta che il male colpirà. E io dovrò essere pronto quando Samuel avrà bisogno del mio aiuto. Dottoressa, voglio essere onesto con lei, forse per la prima volta da quando ha accettato di prendermi in analisi. So di avere dei disturbi, so che lei non capirà, ma sono deciso a compiere la mia missione di pace e armonia fino a quando il mondo non cambierà. Come le dicevo all'inizio di questa seduta, se il mio desiderio di armonia mi porterà ad uccidere, sappia che non esiterò a farlo. E, parallelamente, non smetterò di vivere finché non capirò quale sia la causa del mio problema.

- Quindi, Chris, mi sembra di capire che tu voglia giocare a fare Dio.

- No, dottoressa, io sono un guerriero cieco del Bene, e Samuel rappresenta i miei occhi. Nessuno può considerarsi così arrogante da prendere il posto di Dio. Io amo Dio, lo prego ogni giorno, e da ieri, anche ogni notte.

- Perché hai pregato dopo aver ucciso Padre McCloud, Chris?

- Per trovare ora e per sempre la forza di farlo ancora.

- Mio Dio, Chris, è terribile – inorridì nuovamente la Evans.

- Dio non c'entra, dottoressa. Non l'avrebbe mai permesso.

IL BISOGNO DI UN NEMICO

Vivo sulla collina delle visioni, un posto invisibile, a tratti invidiabile.

Aspetto di essere trovato, ritrovato, scoperto, esplorato.

Figlio di un paese in guerra dall'alba dei tempi, sono un coltivatore d'oppio, come quello di Baudelaire per intenderci, e vivere qui sulla collina ha i suoi benefici, devo essere onesto.

Riverso su queste terre fertili e incontaminate le mie speranze e le mie aspettative, sicuro che un giorno quella guerra cesserà, e che sia finalmente libero di tornare a casa, di costruirmi un futuro.

Non c'è niente di bello nella guerra. Cerco la purezza.

Non c'è niente di bello nella guerra, è antiumano, contro i nostri princìpi più sinceri.

Sono un coltivatore d'oppio, non amo le lotte inutili, eppure ho bisogno di un nemico.

Ho bisogno di un nemico per mantenere alto il grado di concentrazione, per sentirmi più stratega e meno pacifista, che di questi tempi non va più di moda.

Ho bisogno di un nemico perché mi fa essere teso e scattante, proprio come voglio essere, ed è soprattutto per questo che ho l'equilibrio e la forza per portare a lungo rancore.

Ho bisogno di un nemico perché a volte nella solitudine mi sento intimamente sconfitto, ne ho bisogno perché fondamentalmente credo che l'importante non sia partecipare, ma vincere ogni volta che se ne ha l'opportunità.

Ho bisogno di un nemico perché c'è sempre qualcuno pronto a fotterti, infatti in quei momenti i rabbiosi avversari si moltiplicano come virus, e dove colpisci cogli sempre bene.

È meglio non abbassare mai la guardia.

Ho imparato così che le persone sono cattive e arriviste, ma tentano di mascherarlo in ogni modo per avvicinarsi sempre più alla mia anima e pugnalarla, senza prestare attenzione alla mia memoria da elefante. Ricordo ogni dettaglio, non dimentico nulla, e questo mi aiuta a contenere gli invasori.

Ho bisogno di un nemico perché, come Achille nell'Iliade, nella guerra per la giustizia e gli ideali mi sento davvero vivo.

Odio i compromessi, odio negoziare quella purezza – che non c'è più, odio ascoltare parole inutili, perché nel silenzio forgio le mie lame.

È così che un pacifista convinto, che di questi tempi non va più di moda, indossa la sua armatura pesante e si getta sul campo di battaglia, con tutti i suoi pensieri migliori – bianchi e splendidi, a sostenerlo quando le frecce avversarie si conficcano tra le sue carni.

Appare sempre l'immagine di quella ricercatissima purezza – che non c'è più, nei suoi occhi, che tenta di anestetizzare ogni male.

Ecco la mia storia.

L'ho sentito scivolare ad un passo dalla mia anima, sentivo il suo respiro addosso mentre mi prendeva alle spalle, eppure non ho mai avuto idea di dove fosse il mio nemico, di dove si nascondesse, da dove provenisse quella cascata di pugnalate e frecce acuminate.

L'unica cosa che so è che tutti quei fendenti mi colpivano, entravano fino in fondo, e che tutti i miei pensieri migliori – non più bianchi e splendidi ma rossi come la mela del peccato, non bastavano a reprimere quel dolore tipico del metallo tra le fasce muscolari.

Ho capito troppo tardi che era il momento di fermarsi, di ritirarsi, che non c'è più spazio per gli eroi, che non posso pensare di essere felice solo se lo sono anche gli altri.

Sono sopravvissuto per miracolo, ho capito che non posso morire a trentatré anni come il Cristo dipinto nella Bibbia, e mi sono rifugiato sulla collina delle visioni, un posto invisibile, a tratti invidiabile, al centro di questa meravigliosa natura che infonde una forza e una calma senza limiti, dove coltivo l'oppio in serenità tra i canti degli usignoli e lo scorrere dei ruscelli, perfettamente arroccato tra i nastri di seta nera della mia solitudine e i miei pensieri migliori – di nuovo bianchi e splendidi, a farmi compagnia.

Nella solitudine, però, troppo spesso mi sento sconfitto, e tracce di una densa e rovente follia compaiono nel fitto labirinto della mia mente, come per velocizzarne i meccanismi.

Prima di fondere ogni cosa, a lume di candela.

Muoio così, senza far scorrere una lacrima, senza versare una goccia di sangue, dimenticato da quel mondo debole e prigioniero del caos, che ho tentato di difendere, combattendo con tutte le mie forze. Un coltivatore d'oppio, come quello di Baudelaire per intenderci, dovrebbe pensare decisamente ad altro. *I'm so tired.*

Mi sento così stanco che sembro accarezzare il vento svogliatamente, quasi fosse un gatto, mi sento così stanco che le mie lacrime e il mio sangue sembrano immobili, mi sento così stanco che la mia sigaretta sembra fumarsi da sola.

È così che un pacifista convinto, che di questi tempi non va più di moda, si spenga insieme alla sua follia, forse per fermarne gli effetti – peggiori dell'oppio, dopo aver avuto bisogno di un nemico per una vita intera.

Combattere e vincere una battaglia che forse non aveva nemmeno necessità di esistere era il vero imperativo, alla ricerca di una pace e di quella dannata purezza – che non c'è più.

Per tornare a casa, e costruire un futuro. A lume di candela.

Ogni eremita nasconde un guerriero dentro sé, ma non tutti lo sanno, perché sono impegnati a trovare un rifugio, un nascondiglio, dal quale colpirgli l'anima. Non c'è rispetto per il nemico, né per gli ideali autentici, e la lotta è impari. Una volta non era così, neanche ai tempi di Achille, nell'Iliade, e non è una questione di punti deboli.

Tutti noi siamo coltivatori d'oppio, a nostro modo, aspettiamo solo che esso fiorisca, per consumarne il frutto il più possibile e distorcere ogni nostra percezione. Forse è anche da questa eccessiva alterazione di visuali che accadono le guerre, oltre che per i classici capricci politici.

Ma non c'è niente di bello nella guerra.

Dovremmo cercare la purezza, siamo in grado di farlo.

Non c'è niente di bello nella guerra, è antiumano, contro i nostri princìpi più sinceri.

Tutti noi siamo coltivatori d'oppio, un po' come quello di Baudelaire, amiamo un concetto di pace che molto probabilmente non riusciremo mai a decifrare, non certo perché non esista, ma perché non lo conosciamo, non siamo in grado di distinguerlo, e non sappiamo come farlo germogliare.

Non c'è niente di bello nella guerra.

Eppure abbiamo bisogno di un nemico.

ANGELI

Si inerpicò sul grande albero della solitudine, trovando appoggio con le scarpe buone tra radici e rami fitti come le linee della metropolitana di Tokio, con una sigaretta nel taschino della camicia blu, le maniche ripiegate due volte fino all'avambraccio, e un paio di occhiali da sole.

Non appena arrivò in cima la sfilò, con un rapido gesto delle dita, e la mise fra le labbra. Attese qualche minuto prima di accenderla, giusto il tempo di riprendere fiato. Iniziò così una lunga trafila di pensieri e ricordi, come una collezione di francobolli tirata fuori da un qualche angolo della cantina.

Evidentemente, in mezzo a tutta quella polvere, forse ne inalò un po', come dimostrarono alcuni colpetti di tosse. Prese quindi un nuovo, lungo respiro, distendendo i suoi lineamenti belli, gentili e ingenui, tipici del ragazzo che ha bisogno di schiaffi.

Forse di pugni, e di lividi.

Era convinto che la vita l'avesse ormai lasciato da parte, e che quindi una strana variante di vendetta fosse l'unica cosa che gli fosse realmente rimasta. L'ultima freccia al suo arco.

In cima al grande albero della solitudine, si sentì finalmente pulito, libero, leggero, ma pieno di cicatrici da sembrare *Frankenstein*, un curriculum con una foto sbiadita, una manciata di caramelle al latte e qualche sogno a stelle e strisce.

Eredità di David. David Carroll, per gli amici Washington, a causa della sua spasmodica abitudine di firmare messaggi e lettere con la sigla D.C., le iniziali del suo nome.

Washington si prese una pallottola nel cuore per lui, per salvargli la vita qualche mese prima. Dal momento in cui i medici dichiararono ufficialmente il decesso alle 23:47 di quel maledetto dieci dicembre, iniziò in modo altrettanto ufficiale l'arrampicata – in maniche di camicia ripiegate due volte fino all'avambraccio – verso la cima del grande albero della solitudine.

Un dolore acuto sotto al petto lo colse di sorpresa, e quasi rischiò di cadere dalla cima imponente, color ebano, ma il senso di colpa lo fece rinvenire, caldo e formicolante come una puntura di vespa. Un bisogno d'amore violento e sincero, come quello di un soldato nella legione straniera, lo riportò definitivamente a galla in quella viscosa realtà senza senso, quasi senza vita.

Anzi, senza il *quasi*.

Si mise a cercare quindi l'ombra del mare, lanciando gli sguardi più lontano possibile, perché il mare è il posto migliore in cui dimenticarsi della vita – a volte anche della morte. Lo diceva anche Washington.

Come se tutto il resto del mondo non fosse altro che una splendida prigione, illuminata da una luce fissa, intensa, magnetica.

Così, anche sul grande albero della solitudine, preferì non abbandonare nemmeno per un minuto i suoi inseparabili occhiali da sole, in modo da non essere mai accecato dalla noia. E dal dolore, per quanto possibile.

Da quando Washington – un mix perfetto tra un fratello, un padre, un amico, un idolo e un figlio, per lui. Esalò l'ultimo respiro, sul lettino freddo di quella bianca sala operatoria, con lenzuola disinfettate e impronte di scarpa sui battiscopa, lui attese il tramonto ogni giorno.

Per propinarsi veleni di ogni tipo (sia distillati che chimici) e potersi finalmente togliere quel paio di occhiali da sole, per poter vedere la vita nelle sue vere sembianze, per punirsi. Per provare a dimenticare quella notte rubata a Washington.

Oppure, semplicemente, a David. Che non sopportava di essere chiamato Washington.

Accese la sigaretta, finalmente, rimasta nella culla delle labbra come un bambino incantato da un carillon, un sussulto ai lati della schiena gli mandò il fumo di traverso.

Guardò di nuovo le sue ali grandi e bianche, che lo portarono a volare nel corso dei secoli tra atmosfere, preghiere e nuvole, potendoli sfiorare con la punta delle dita, sentendo l'odore fiabesco dei sogni. Da quando imparò a volare sognava di poterne portare in dono qualcuno a chi avrebbe mostrato buon cuore nella breve esistenza riservata agli esseri umani.

Prese slancio dalla cima del grande albero della solitudine, dopo aver a lungo rimembrato, e si librò in volo. Fu come un elicottero moderno, l'angelo custode di David.

Non aveva un vero e proprio nome, ma per la sua missione terrestre scelse Roger, che in aviazione, significa *ricevuto*, sostanzialmente l'avvenuta comprensione di un messaggio.

Masticò amaro per tutto il viaggio, perché non riuscì a salvare David. Anzi, riuscirono nella situazione più unica che rara di scambiarsi i ruoli.

In quel caso, come da regolamento, l'angelo custode perde i gradi. Talvolta, anche le ali.

Il problema, come accade spesso tra gli esseri umani, è il vuoto causato dal senso di colpa, che batte forte insieme al cuore, come una batteria completa di doppia grancassa. Non deve essere una bella sensazione per un'entità destinata a vivere in eterno.

Prese le distanze dalla superficie terrestre, fino a vedere una sorta di mosaico fatto di nazioni, deserti, mari e laghi, ognuno di un colore o una sfumatura diversa.

È davvero splendida pensò Roger.

Prima di tornare alla base. Ed essere degradato.

Le ali non le perse. Le lasciò a David, che prese il suo posto, e i suoi privilegi.

Cose tra angeli, che noi non potremmo mai capire.

Se non dalla cima, color ebano, del grande albero della solitudine.

MR. WHITE

Mr. White scambia i suoi passi con fogli di carta pettinati dal vento e che volano via. Non sembra il solito dicembre e lo si nota dai pochi addobbi natalizi sparsi per le strade, e dal troppo sole che si infrange sulla città.

Mr. White si ferma, si siede sulla panchina al centro di un parco e si guarda intorno, come a recuperare la memoria, che l'incidente ha portato via con sé. Non ricorda neanche il suo nome. Lui sa di essere Mr. White, che sia Alan, Jim, Maximilian o Robert lui non lo sa, e forse non lo saprà mai.

Un uomo solo, senza amici né famiglia, che si schianta con la sua Jaguar contro un autobus non può ricordare, perché c'è di mezzo l'essersi salvati per miracolo.

I suoi documenti hanno preso fuoco insieme alla Jaguar, e un anno e sette mesi di coma hanno fatto il resto, come a ripulire una stanza piena zeppa di polvere, di appunti e fotografie di troppo.

Non ricorda neanche la sua età. Una folta barba nera copre un viso che non riconosce, facendogli notare che molto probabilmente l'adolescenza è finita da un pezzo, e che a meno di clamorosi colpi di scena si avvia a passi fieri verso la quarantina.

Si è svegliato un paio di mesi fa, Mr. White, ma è come se fosse nato di nuovo, con la noia di chi deve ricominciare tutto daccapo, e la sensazione di dover ritrovare qualcosa, perché tutto ciò che ricorda è rappresentato da figure, colori, qualche animale.

Un uomo gli passa davanti, lasciando dietro sé una fitta scia di fumo che arriva dritta al suo olfatto. La sensazione che ne ricava è un misto di fascino e nausea, che però non accende nulla tra le sinapsi. Non ricorda nemmeno se anche lui avesse uno dei vizi peggiori degli uomini, secondo solo all'eroina e alla coca.

Inizia a nevicare ed è quasi ora di pranzo, ma il cibo – così come il telefono, non è mai stato il suo forte. Resta lì ad osservare i fiocchi di neve che fluttuano nelle loro traiettorie sempre romantiche e armoniose, mentre il parco si svuota, come se avessero aperto un barattolo pieno di mosche.

Solo una di loro rimane lì. È Mr. White, chiuso in silenzi sempre nuovi di zecca e nel suo cappotto color porpora e verde smeraldo, che sembra preso in prestito dalla copertina di *Sgt. Pepper's Lonely Hearts Club Band* dei Beatles

Mr. White chiude gli occhi, cerca di ricordare, e d'improvviso compare un'ombra, a cui affibbia il nome di Catherine. Mr. White pensa a voce alta, parla con sé stesso.

Una mente meravigliosa o un corpo meraviglioso, so già cosa mi capiterà, spero che lei me lo dirà ma non ha mai promesso i suoi pensieri.

Un pensiero e un bacio si mischiano come l'acqua e la sabbia, lei invece è una strada romantica che attira la mia attenzione, ma che può diventare pericolosa, perché non la ricordo più. I nostri sospiri sono ancora lì, sospesi su una panchina al centro del parco, proprio come questo su cui poggio pigramente, ma non so se altre volte ancora potremmo rubare la scena alle stelle con un bacio. Ora mi basterebbe il suo sorriso, insieme ai suoi capelli sciolti.

Siamo mari tempestosi e impetuosi venti, sfrenate melodie tra vita e morte. Siamo l'inferno e il paradiso tra estasi e profumi, tra colori e calore. Siamo anime sospese tra bene e male, che combattono fino all'ultimo respiro, fondendosi e poi lasciandosi, siamo pensieri immaturi, castelli in aria, emozioni contrastanti nello stesso cuore.

Questo lo so e non sto delirando, non è un frammento di memoria a dirmelo, ma l'immagine che ho negli occhi, probabilmente l'unica cosa che mi ha permesso di non morire in quel letto d'ospedale.

È difficile immaginare quanto io possa amare e sognare un sorriso lucente, viaggiare nel mondo femminile, così dannatamente moderno, nuovo e misterioso, e scoprire incubi attraenti dove uno sguardo accende un'emozione.

Essere neve al sole, vederla da dietro un vetro, mentre piove. Ognuno di noi vorrebbe vedere la sua donna con i capelli legati in un giorno qualunque, parlarle e ascoltarla, osservarla mentre beve un caffè.

Vederla bella, immensamente. Notare che lei ti cerca gli occhi sotto un sole freddo, che perfido te la porterà via, in una giornata un po' come questa, dove il vento mi ruba momenti del mio passato.

E poi rivederla come una gemma di neve, con stupore e ammirazione, darle tutto anche senza ricevere nulla, tra il sublime e l'eterno, come una farfalla che vola oltre i confini terreni. Vorrei essere un virtuoso disegnatore, e colorare ogni cosa possibile. Anche un colore esprime passione, un'emozione, un sentimento, e i colori sono alcune delle pochissime cose che ricordo.

L'amore si può scrivere, cantare, raccontare, fotografare, chissà com'è disegnarlo e colorarlo all'infuori del commerciale rosso fuoco. Congetture.

I misteri della conoscenza si fanno più tortuosi nella mia mente, e alienabili con razionalità. L'arte mi affascina, l'amore mi ipnotizza, li fondo, mi confondo. Nasce un arcobaleno. È una buona terapia, ma ha i suoi effetti collaterali. Sublime lama a doppio taglio.

Manca il respiro, e poi quel freddo alle tempie, le mani marmoree, le gambe sfinite, un bruciore infinito negli occhi che solo lacrime ghiacciate sarebbero in grado di lenire. L'immaginazione arriva in luoghi tetri e inviolabili, come stanze da letto bianche e sporche da scene di sesso, dove tu sei il solo spettatore di lei. Il battito del cuore debole, pesante, incessantemente incostante.

È il dramma dopo l'euforia, e riesco a trovare analogie singolari con la polvere magica mangia uomini. Cocaina purissima, cocaina invisibile. L'altro lato dell'amore. Ho provato tutto questo per Catherine, brivido incessante della mia ventunesima primavera, venuta alla luce da un regalo del destino, maledetto soldato ingrato, finalmente complice. Meraviglia terrena, bella come la luna, scaldata dal mio tenebroso sole.

Quell'immagine nei miei occhi mi fa vedere questo. Non capisco perché, ma in questa mia solitudine accarezzata dal freddo, è rimasta impressa.

Rimarrà impressa nel cuore, probabilmente per sempre.

Credo sia lei, il mio sogno più incompiuto, che ha reso la mia vita un rimpianto privo di lealtà, soprattutto dopo l'incidente. Se lei non è un'allucinazione, sono sicuro che sia stata l'ultima persona che ho visto prima di schiantarmi contro quell'autobus.

I miei occhi hanno bisogno ancora di lei, il mio cuore e la mia mente ancora di più. Nulla sembra più lo stesso, mi resta solo la sua immagine.

Forse mi sono svegliato troppo presto, e mi sono ritrovato a vivere la vita, con la costante mancanza di qualcosa, per quasi due anni.

Mr. White apre gli occhi, al centro del grande parco, e dà un'occhiata in giro, prima di riprendere a sognare. Qualcosa sembra riprendere forma nella mente, e non ne sa il perché.

I ricordi di noi sbocciano dolcemente come fiori, sono baci infiniti che si posano sulle mie labbra, sulla mia fronte, mi sento migliore al suo contatto, sia esso fisico o intellettuale. È così che l'amore diventa attrazione, l'attrazione diventa simbiosi, per poi tornare ad essere amore. Forse è un circolo vizioso tra i più belli. Ricordo la sua voce, un'orchidea blu tra i ghiacci puliti e incontaminati. Io lo sentivo, ero parte di lei. Io lo sento ancora, sono parte di lei.

Il mio sorriso per un momento si chiude e si raccoglie, e tramonta lentamente. Un sogno vola leggero nel mio ventre, sembra andare sempre più lontano, fino a scomparire. Rosa dai petali neri, come i suoi capelli, il suo ricordo attinge tenebre dallo stagno della mia malinconia. Il mondo scorre languido intorno a me, io non chiedo che un'unica apparizione, brillante e nascosta come la nostra eclissi. Sabbia assopita, pensieri di cristallo. Sembra quasi un addio.

Riesco a ricordare il nostro ultimo bacio, nel cuore di Liverpool, la città dei Beatles. La bellezza di Catherine mi entrò dentro, e non ne uscì più. Il mondo si fermò, e coltivai per bene il mio dolore più grande. Il mio sogno verso l'infinito.

Iniziai così a cercare le cose che in quel momento reputassi davvero importanti nella mia vita. Pensai alle piccole abitudini, ai ricordi indelebili da cui non riuscirò mai a staccarmi, alle persone tatuate sull'anima, alle canzoni portatrici di emozioni, alle piccole ricorrenze, giorni ordinari che per tanti non significano nulla, ma per te sono dolci fantasmagorie. Accesi una sigaretta per fermare sul nascere un pianto disperato, è un espediente che funziona sempre. Vidi la paura di vivere, e non potevo lasciare che Catherine potesse annegare nei miei incubi. L'ho sempre amata troppo per vederla soffrire.

Da quando l'ho persa nulla è stato più come prima. Raccontare di lei per me è come scrivere con il sangue. Lei darebbe un senso a tutto questo, ai giorni felici, a quelli tristi, ai tramonti, ai battiti che sento nel mio petto, ai miei ricordi, al mio sorriso saltuario, ai progetti che non ho ancora realizzato, ai miei sogni. Sarebbe una pioggia d'estate, una farfalla sulle rive di un fiume, un treno da prendere al volo senza pensarci, un caffè, una poesia, un bacio ai miei polsi, una notte d'amore sotto la luce delle candele e i profumi dell'incenso, una carezza sulla schiena nuda. Lei sarebbe un viso stupendo, un nome, sarebbe ogni cosa che mi circonderà. Sarebbe semplicemente lei.

Purtroppo non saprà mai quanto lungo e tortuoso sia stato il mio viaggio, dal corpo al cuore, spesso passando per la dogana della mia mente.

Per quanto cercassi di avvicinarmi alla luce di quel tunnel, non sono mai riuscito a sfiorarla, né a raggiungerla. Tutto questo perché ho voluto cercare me stesso, in profondità. Conscio del fatto che in superficie si respira meglio, sono sempre rimasto in apnea, perdendo tutto.

Sono sempre stato l'uomo delle strade difficili, ma sono convinto che nelle mie strade tortuose troverò un sentiero magico, che mi porterà lontano dal male e non a slittare sulla strada ghiacciata per andare addosso ad un autobus. La mia vita non può essere basata sui rimpianti, ho sempre avuto voglia di conoscere il mondo e i suoi misteri, non di piangermi addosso.

Mr. White si ferma, si alza dalla panchina al centro di un parco e si guarda intorno, come a recuperare la memoria, che l'incidente ha portato via con sé. Cerca Catherine, tra i passanti, ma sa che lei non tornerà. Probabilmente non è mai esistita. Cercava un diversivo, e ogni giorno ne vuole uno diverso, perché l'immaginazione batte la memoria su qualsiasi campo, secondo lui.

Tutto questo è routine da quando si è svegliato dal coma, un anno e sette mesi fa. Sembra un buon modo per riprendere confidenza con lo sconosciuto mondo che lo osserva. Per immaginare come potesse essere la sua vita prima dello schianto.

Non ricorda neanche il suo nome, figurarsi l'amore della sua vita.

ALTER EGO

C'è un uomo a galla nella piscina di un albergo, tracanna Jack Daniel's e pensa al torpore della vita. Parla con sua moglie, sdraiata su un lettino a bordo piscina, in preda ad uno splendido sorriso. Lei risponde alle sue domande e cerca di tranquillizzarlo, ma è morta dieci anni fa. Lui non se n'è mai reso conto, e continua a bere, forse per dimenticare. Evidentemente qualcosa deve aver capito, ma crede siano solo gli effetti del superalcolico, che tutto questo accada perché è ubriaco da far schifo. Ride, poi piange. Poi scoppia a di nuovo ridere, come se un clown si fosse suicidato di fronte a lui. Esce dalla piscina, getta la bottiglia ormai vuota in giardino e barcolla affranto e fradicio fino alla reception, in cerca di una puttana, e di maledetti tranquillanti.

Prende l'ascensore e torna in camera da letto, si stende sul letto e ammira la fluttuante danza delle coincidenze che si scatena intorno a lui. Si ipnotizza come se osservasse un fuoco che prende vita.

Accenna una frase: *Dottore, asporti immediatamente quelle farfalle dal mio stomaco!* Lui è preda di amore, sesso, rabbia, tradimento, senso di vuoto. Della vita vera, insomma. Così sviene, piangendo.

Altrove, un uomo è disteso sul suo letto a due piazze, degno del single perfetto. La notte è stata dura, e degli incubi ricorrenti lo hanno sconvolto. La verità è che ha paura di dormire da solo. Anche per questo la sua stanza da letto è interamente rivestita di specchi, e il motivo non risiede in una notevole forma di narcisismo sessuale. Va in bagno a lavarsi la faccia, riempiendo gli scavi dell'insonnia negli occhi, ma ogni volta che sfiora l'acqua lui invecchia di un anno. Lui in effetti non si riconosce, e solo l'anima degli occhi riflette i suoi diciassette anni biologici. Anche per questo non parla mai o più con nessuno, figurarsi con sé stesso. I suoi incubi sono pura realtà, e questo è un dato di fatto. Lui che ha sempre avuto paura di ogni cosa, d'improvviso vorrebbe essere saggio, per guarire secondo natura, la madre che lo ha condannato.

Rimane immobile, un disegno monocromatico, dedicando pensieri al passato con tre sogni, due voci e un'eco, quello della donna che avrebbe voluto sposare. Ma il pensiero è una piuma, sul quale troppo spesso cade l'incudine della realtà.

Dall'altra parte del mondo un uomo a bordo di una limousine nera siede sul sedile posteriore e batte un racconto d'amore a macchina. L'automobile è senza autista, ma lui rimane sereno, fissando l'occhio di un ciclone che si estende all'orizzonte, poi abbassa di nuovo lo sguardo sul foglio, e si mette a descriverlo con minuzia quasi maniacale. È la magia della macchina da scrivere che si anima, mentre il vento ulula contro il cielo nero che si avvicina. L'auto senza autista non si ferma, ma avanza accelerando verso il tornado. Lui continua a ticchettare parole in processione, convinto che queste lo salveranno dall'inevitabile morsa dell'aria rotante, che avida lo porterà via con sé, come un guerriero greco con le spoglie di un eroe sconfitto.

L'autista aveva già fatto la radiografia a tutta la sua vita dallo specchietto retrovisore, ma non ha retto il colpo, e si è dissolto nel nulla, camminando in un'orgia di silenzi. Non aveva mai visto tanto dolore in tutta la sua vita, ed è per questo che l'ha lasciato lì da solo, forse per liberarlo, forse semplicemente per far fuggire il ciclone con tutta la forza che aveva nel cuore.

Qual è la morale della favola, mi chiederete. E risponderò con un altro dilemma, la modalità che ogni uomo odia con tutte le forze. La domanda *è perché ci fermiamo?*, o forse una più intima *chi o cosa ci costringe a fermarci?*

Eppure basta poco per rispondere, sprazzi di mente in allenamento e di vita quotidiana. Due luci nella stanza, il tramonto e il neon pallido, un esercito di caffè per battere il sonno, una manciata di pillole per la felicità – che scenderanno nella gola più a fatica di un antibiotico, un paio di occhiali da sole per non essere accecati dalla noia, degli argomenti di cui si è assolutamente a digiuno, e qualche radice di odio puro – che purtroppo non si trova in erboristeria.

La verità è che siamo ciò che non vogliamo essere, ciò che non siamo, apatici e inconcludenti, abbiamo smesso di imparare e di essere creativi, innovativi.

Io stesso ho smesso di scrivere, ultimamente, anche se queste poche righe da *bugiardino* non lo dimostrano, e mi brucia come sale su una ferita.

Siamo emozioni in un cesto, come frutta fresca lasciata lì ad appassire, a macerare in attesa di una metamorfosi che non avverrà mai. Noi siamo la metamorfosi, e se restiamo fermi, restiamo chimere. Questa è una verità nuda e fiera, ed è come una donna bellissima in attesa dell'uomo dei suoi sogni, e del suo matrimonio. Ma come sappiamo, un abito da sposa non è un sedativo per l'anima.

La verità è che viviamo come se non avessimo mai visto la luce, come se non fossimo mai nati, e alcuni di noi sono, o si sentono, così noiosi che al pronto soccorso li userebbero al posto del Valium per curare gli attacchi di panico.

La verità è che noi vorremmo tanto essere, ma a volte facciamo di tutto affinché ci riesca più semplice NON essere. A volte serviamo solamente per alimentare le nostre più violente dipendenze, vedi sigarette, alcool, droghe, sesso, psicofarmaci, caffè, internet (per il cancro Facebook temo non esista cura), automobili di lusso, e chi più ne ha, più ne metta.

Saliamo in cima ad un albero per avere il cielo a portata di mano, ma poi la paura ci cattura, e ci ritroviamo a chiamare i soccorsi con il telefono cellulare.

Dimentichiamo i posti dove siamo stati e cerchiamo compulsivamente quelli che non vedremo mai, ci ritroviamo rinchiusi tra i nostri mille sogni, ridotti ormai ad una immensa giungla inesplorata, perché non avendogli mai dato la giusta importanza hanno imparato a germogliare da soli.

Alcuni di noi trattengono le loro lacrime migliori e le versano per le ultime puntate dei reality show, e sono convinti di essere sensibili. Non che gli uomini debbano essere necessariamente scissi in categorie, sia chiaro (...), ma la verità è palese.

Ci sono i *maglioncini da fighetto*, lasciati ad asciugare sui fili infiniti della mediocrità, gli *inguaribili romantici*, nobili decaduti del nostro tempo, e i *virus del glissare*, che non fanno altro nella vita se non vedere il giorno cadere, e rubare ossigeno a quello successivo.

La verità è che vorremmo volare, cercando un mondo nuovo, ma restiamo sempre a terra, facendoci succhiare i sogni e la vita dai dolori quotidiani, allegoria delle zanzare, esseri maledetti, vampiri moderni in miniatura. *La tempesta è in arrivo*, come dicono gli Afterhours, mettiamoci al riparo e una volta svanite le nubi, seguiamo le tracce dei pochi raggi di luce soffusa del 21' secolo rimasti accesi. In questa opera elegante e sconclusionata che è la vita, a tratti visionaria, è molto difficile distinguere la realtà dal sogno. Ma i nostri pensieri sono il nostro rifugio, e per quanto sia un nascondiglio esile come una capanna di fieno, lasciamolo aperto a chiunque abbia la curiosità e la voglia di addentrarsi.

Al cuore si comanda, perdìo, altrimenti che esseri imperfetti saremmo?

Riavvolgiamo il nastro della vita, fino all'episodio che ce l'ha cambiata. Ripartiamo da lì.

Ricordi e sangue si mescoleranno come elementi di una miscela esplosiva, lasciando il vuoto tutt'intorno. La terra tornerà fertile, e si potrà riprendere a seminare momenti splendidi, da ricordare.

Non abbiamo tutto il tempo del mondo per trovare la felicità.

FIABA DI TENEBRA

C'era una volta un'immagine. Come una fotografia.

Le luci nella notte, la strada zuppa di pioggia, quell'albero al bordo della provinciale, che sembrava danzare al ritmo del vento, i segni della frenata tatuati a terra, una scossa ai muscoli della schiena. È tutto quello che ricordo dell'incidente.

Ricordi increspati, che sembrano cerchi nell'acqua di un lago dimenticati da Dio, ricordi fumanti, che sembrano ancora freschi come intonaco. E poi il buio, bianco, che si è acceso per un tempo a tratti interminabile, e il tempo è signore, si sa, a lui tutti si inchinano.

Ricordi e odore di disinfettante di ospedale, ricordi e brusii di medici e parenti in lontananza, una speranza che batteva nel cielo opaco, e contro il rumore aspro del respiratore artificiale.

Ricordi di te, che non mi hai mai abbandonato, mentre ero steso su quel letto.

Mi stringevi le mani, quasi per ricaricarle della vita perduta, ti ho sentita piangere, ti ho sentita parlare ai miei occhi e alla mia mente sottovoce, con le labbra socchiuse, per strapparmi dal regno dei morti. Ma io ero già nel mondo dei morti, anche i medici lo dicevano, non trovando purtroppo le parole adatte per spiegartelo. Odore di fiori freschi, che mi portavi ogni giorno, e io ti rendevo grazie, con un sussulto breve e debole delle palpebre, palpebre che nascondevano i miei occhi, chiusi a chiave dalla vita. Rumori di risonanze magnetiche e di canzoni dei Beatles, che mi donavi in cuffia, mentre vegliavi su di me, durante notti in cui non accadeva un bel niente.

Tentavi di stabilire un contatto con me, o forse di mantenerlo, convinta che l'incidente avrebbe portato via con sé la mia memoria, se mi avesse reso la vita. Io ero già nel regno dei morti, ma ero anche lì con te, e quel contatto era l'unico appiglio che avevo, era più forte che mai, e sapevo che sarebbe stato il mio ultimo e dolcissimo pensiero. Mi dedicavi tutte le tue attenzioni, mi vestivi a festa di speranza, spargevi gocce d'acqua fresca sui miei muscoli atrofizzati, sentivo il tuo sorriso illuminarmi, e scaldarmi, nonostante il dolore.

In quell'istante ho capito che saresti stata una madre splendida. E bellissima.

Profumi di te, e dei tuoi sogni, di cui ero il protagonista inconsapevole, mentre lottavo tra la vita e la morte, immobile, mentre facevo finta di dormire. Quando poi, d'improvviso, ho smesso di far finta. Ho staccato il biglietto per il mondo dei morti, lasciandoti da sola, su quel mondo di ingiustizie e anarchia. Ti ho abbandonata, e non avrei mai voluto farlo, ma non riuscivo davvero a svegliarmi, aprire gli occhi e sorriderti, nonostante fosse il mio ultimo desiderio.

Non ne avevo le forze. Ti ho abbandonata, tu non l'hai mai fatto.

Sei sempre stata migliore di me.

In quell'istante ero sicuro che saresti stata una madre splendida. E bellissima.

Ricordo poi un'ultima immagine … come un sogno ad occhi aperti.

Mi sembra già di vederti, come se ti conoscessi a memoria.

Ti scrivo parole invisibili facendoti spazio tra i desideri più remoti e i grovigli del futuro, in cerca di un pensiero dolcissimo. E dico questo perché so che tu sarai il primo dei miei successi, il primo sorriso spontaneo che farei, e che si illuminerà dall'alto di un cielo nuovo, in questa vita piena di insidie. Proprio da lei vorrei proteggerti, per non permettere in nessun modo al mondo di farti del male, ma di sicuro qualche frustata arriverà, è così per tutti. Starà a te imparare le lezioni, e i valori più importanti per star bene con te stesso, e con gli altri. Io non sono mai stato capace di vivere con il sorriso stampato sulle labbra, forse perché troppo riflessivo, ma ho avuto spesso la fama di un buon filosofo, e questo ti aiuterà a capire molte cose, perché dopotutto con le parole ci ho sempre saputo fare.

Avrei voluto diventare uno scrittore, e piano piano ci stavo riuscendo, non senza sacrifici, ma in questo nostro tempo anche avere un sogno costa molto, immagina realizzarlo, e quando si è ad un passo dall'arrivo c'è sempre qualcosa che si insinua nel proprio disegno. È la vita.

Lacrime e sangue che scivolano via, fondendosi in speranze che si assottigliano, e poi le emicranie, le paure, la voglia di cambiare ogni cosa, tra cui casa, pensieri, città.

Tu non scordare mai di sorridere alla vita, anche quando le cose non gireranno, purtroppo accadrà, imponiti nel mondo, segui sempre le tue idee, e non piegarti alle regole di plastica che limitano la ragione. Quando ti diranno di stare seduto tu alzati in piedi, quando ti diranno di alzarti tu siediti, non confondere il denaro con il potere, né Dio con la verità, con il destino o anche semplicemente con la cosa più giusta.

Non smettere mai di credere e sperare in un mondo migliore, perché ne farai parte attivamente, né nell'amore che dura per la vita, non sottovalutare mai la tua esistenza, perché sarai una storia che andrà vissuta e raccontata, leggi sempre un libro in più. Impara dai tuoi errori, e prova ogni cosa con giudizio, per crearti una scelta, non nasconderti dietro una scusa quando fumerai la tua prima sigaretta. Sii arrogante dall'alto di una cultura e non di un'apparenza, ricordati di non abbandonare mai i tuoi amici e di rispettare la donna che hai scelto, ma non privarti mai della libertà.

Non confondere la sensibilità con la debolezza, e non confondere mai tuo padre con un estraneo, perché sarò sempre dalla tua parte, qualunque cosa succeda, nonostante io sia già così lontano.

HO SOGNATO TROPPO LA SCORSA NOTTE

Ho sognato troppo la scorsa notte.

Ma poi mi svegliavo, e scoprivo che non eri più nella mia pelle. Non percepivo alcun suono, ma potevo guardare. Osservavo, con gli stessi occhi di prima, in una divisione spessa e sottile allo stesso tempo. Esternamente ogni cosa era muta, mentre tremava l'interno. Vibrazioni senza rumore. Volevo fuggire, la scorsa notte, ma non potevo che lasciarti entrare. Desideri impossibili, indecifrabili. Sentivo qualcosa che gli altri non sono mai riusciti a capire, emozioni talmente intense da non riuscire a fermarle. Così sono caduto al suolo, senza la forza di rialzarmi. I vapori del mio respiro si condensavano sulle pareti del cuore, che non smetteva di brillare. Aria nuova mi entrava in bocca, e riempiva i polmoni, organi inutili. Sangue splendido che scorreva, e sfumava all'esterno. A volte lo sento ancora. Colore caldo, che bruciava sotto il derma, mentre ascoltavo i fiori di Bach.

Un uomo, un mondo, un'anima e il tempo che passa, il fiume che scorre. Lui parla al fiume dell'amore perduto e della fedeltà, senza udire risposte scure o turbate. Un uomo se ne sta disteso e sogna campi verdi, svegliandosi al mattino, senza alcun motivo per svegliarsi. Quell'uomo ero io, e forse lo sono ancora. Aspettavo soltanto che arrivasse qualcuno, o qualcosa, a mostrarmi la via.

Ero giovane e pensavo *la vita è lunga, c'è troppo tempo da ammazzare oggi.* Poi, però, un bel giorno ti volti e vedi che dieci anni sono scivolati via. Allora corri e corri per raggiungere il sole, ma lui sta tramontando, e sta facendo il suo giro, per rispuntare ancora una volta dietro di te.

Ho sognato troppo la scorsa notte. Vedevo l'alba assottigliarsi, alle mie spalle, come se qualcuno avesse chiuso una porta. Facevo respiri profondi, quel giorno, e non mi vergognavo di nulla. Ero presente, finalmente libero da ogni irrazionale voglia di non esserci. Così accesi il motore, e ingranai la marcia. Il telefono e i pochi soldi rimasti? Lasciati nella casa dove passavo ore a sognare, dove il tempo correva più veloce, a impolverarsi tra una stagione e l'altra.

Ero completamente solo, con gli occhietti lucidi di speranza, felice come un bambino nel giorno del suo compleanno. Non come quello di Natale, perché a volte, porta sulle spalle troppe aspettative, desideri di pace che non riesce mai a concretizzare per intero. Abbassavo il finestrino, mentre l'auto prendeva velocità, e mi sembrava di respirare l'aria più buona che avessi mai assaggiato.

Era il tramonto di un giorno qualunque, quando la mia auto – una meravigliosa Porsche nera, del 1984 – perse il controllo, sulla strada della vita. Sfrecciavo su quel fottuto rettilineo a 240 km/h e non vedevo pericoli, né pensieri all'orizzonte. Era ora. La testa era finalmente sgombra, i tratti del mio viso incredibilmente distesi, mentre la tua immagine si faceva strada, accanto al sole. Come per tenergli compagnia durante il lungo viaggio, anticipando il nostro incontro. Io sorridevo in silenzio, mentre il motore ruggiva sotto di me e mi faceva vibrare la schiena. La verità è che stavo attraversando tutta la mia vita per raggiungerti, gettare ogni cosa alle spalle e ripartire. Insieme a te.

La ruota dei pensieri aveva già ripreso a girare, come al luna park, panoramiche da inguaribile romantico, così fantasticavo su un futuro luminoso, ancora più splendente del tramonto che avevo di fronte. Ti immaginavo tra baci di seta e fiori d'arancio, vedevo le tue mani sottili curarmi da tutto l'odio che provavo, dandomi la forza di convertirlo in amore. Sembra una storia da *medici senza frontiere*, non trovi?

Ma io non ne volevo più, di frontiere, volevo abbatterne quante più possibili, e godermi il fottuto rettilineo della vita, per poter correre a tutta velocità, almeno una volta.

Fino a che … BOOM! La gomma alla mia destra esplodeva all'improvviso, come se qualche maledetto figlio di puttana avesse lasciato, di proposito, dei chiodi sull'asfalto. Il solito imprevisto, come se da trent'anni giocassi a monopoli, pescando la carta sbagliata. Anche ora che pensavo di mollare tutto, e di costruire una nuova vita. Insieme a te.

Una nuova strada da percorrere, a tutta velocità, sulla mia splendida Porsche nera del 1984, invidiabile a livello di tenuta. Che, però, in quel momento non smetteva di roteare nell'aria, di girare come una trottola, e che terminava la sua corsa fuori dal rettilineo, tra macchie di sangue e polvere, tra sogni spezzati e respiri affannosi. Le mie labbra cercavano ossigeno azzurro sotto i colpi dell'ultimo sole, che faceva di tutto per rubarmi la tua immagine dagli occhi.

Ripetevo, con il sorriso più amaro, *sempre sul più bello.*

Il mondo si muove…

   … il cuore si muove…

      … l'orgoglio si muove…

         … l'orizzonte si muove…

La testa che gira – non smette un istante – continuo a tremare.

E l'anima si muove…

   … il sangue si muove…

      … la strada si muove…

         … il dolore si muove…

            … dispensa carezze sulle mie aritmie…

Continua a pulsare anche su questo dannato amore.

Le ferite erano gravi, ero paralizzato dal collo in giù, e stavolta non c'entravano le mie paure. Non riuscivo più a muovermi tra le lamiere dell'odio. Tutto ciò da cui scappavo mi aveva teso una trappola, creata ad arte, ed era la cosa che mi faceva più male.

Vieni a salvarmi, ripetevo, *poggia le tue mani da pianoforte su di me, e salvami dalle radici del male, capaci di attecchire ai bordi della mia mente. Salvami e ferma l'emorragia, con un bacio di seta. Salvami e sposami, tra fiori d'arancio, prima che sia troppo tardi, prima che il sole tramonti.*

Vieni a salvarmi, ripetevo, con tutto l'amore che avevo in gola. Anche il mio cuore aveva ormai smesso di brillare. Sempre sul più bello.

Parlavo con te durante i tepori della notte, che aveva preso il largo intorno a me, ti donavo le mie risposte, ti svelavo i miei sogni, in modo che una parte di tutto il mio dolore passasse via. e avevo sempre cercata, di gente come te, restando deluso dal non averne trovata mai. Immaginavo di guardarti gli occhi, le mani, e poi i piedi, scottati dal sole.

Quell'estate aveva portato via, un poco alla volta, tutti i nostri desideri. Ma restavamo spesso lì a parlare, nelle notti al replay, con i lucernari ancora caldi per la forte arsura d'agosto, con il tempo che finalmente evitava di scivolare via. Se solo avessi trovato le parole adatte, sarei riuscito a essere meno ambiguo nei tuoi confronti.

Tu tentavi di leggermi i pensieri, senza troppa fortuna, nascondendoti dietro una sigaretta immobile. Era quasi l'alba, e un nuovo giorno aveva fretta di riaverti, ma tu non sorridevi, sotto quella porpora ipnotica, macchiata dal rimpianto di non avermi conosciuto affatto.

Eppure l'hai creduto per anni, mentre il cuore, finalmente, fermava la sua corsa. Ho sognato troppo la scorsa notte.

IL NOSTRO NON-AMORE

Spesso mi perdo in smisurati campi verdi in fiore, a guardare le farfalle. È una piacevole abitudine che conservo fin dai tempi dell'infanzia, mi aiuta a distendere i nervi e a capire quanto mi senta stretto, a doppio nodo, a Madre Natura. Proprio oggi, ho avuto modo di osservare una farfalla, che girava sulla mia testa, come un pensiero. Non tutti sanno che le farfalle passano la maggior parte della loro vita come bruchi striscianti, poi diventano farfalle, e soltanto dopo poche ore muoiono. Godono della bellezza, e della libertà di un volo, giusto il tempo di un'alba, o di un tramonto. La vita è breve. E meravigliosa. E crudele.

A volte anche per gli uomini è così. Ho riempito migliaia di pagine, versato fiumi di inchiostro, per tentare di spiegare questo concetto, ma alla resa dei conti, è più che sufficiente una sola riga, per rendere meglio l'idea. Eccola qua: la vita è breve. E meravigliosa. E crudele.

Sembra un'ingiustizia, invece no. È semplicemente parte dell'Equilibrio, di ogni essere umano.

Spesso i sogni aiutano a evadere da tutto questo, affinché sia quello stesso equilibrio a permetterci di diventare farfalle, regalandoci finalmente il brivido di volare, di sentirci liberi, di provare la splendida sensazione di essere ancora vivi. Come quando si è follemente innamorati di qualcuno.

Liberandoci da ogni male. *Amen.*

Ora che la notte finalmente mi avvolge, mi sento finalmente libero di far uscire pioggia, lacrime e pensieri dalla gabbia, fino a svuotarmi completamente, al punto di offrirmi in sacrificio. A te.

Ho pensato di amarti per una vita intera, dissetando le mie notti con la tua immagine di donna, dolcissima e splendida, grazie a cui fuggivo il solito schema delle stagioni. Mille volte ho creduto che questa convinzione, falsamente liberatoria ma leggera come il vento d'estate, sia stata semplicemente un sogno, che riuscivo quasi a sfiorare con la punta delle dita. Un sogno lungo un'infinità di giorni e di notti, capace di dare un senso di pace ai miei giorni, e ai miei passi. A liberarmi da ogni male.

Passi brevi e pieni di speranza, ma incerti, lungo una strada che, tuttavia, mi portava sempre più lontano da te. Speravo di ritrovarla, quella via, un giorno o l'altro, ma mi sbagliavo, mi sono sempre sbagliato, forse perché le speranze non si colgono dagli alberi, come i frutti della passione.

Mi sono spogliato e vestito di abitudini, per molti anni, mantenendo intatti i miei desideri, a vedere con gli occhi dell'amore, a coltivare gli ideali più puri. E, soprattutto, a (soprav)vivere senza di te.

Ho imparato a compiere metamorfosi intellettuali, senza cambiare mai; ho imparato che scrivere è il mio talento, e la mia dannazione; ho imparato a fumare dopo il caffè e a tirare di boxe; ho imparato a non credere più in Dio, ma nella bontà degli uomini (un'impresa assai più ardua). Ho provato sulla mia pelle così bianca che un amore talmente rarefatto, toglie il sonno più di una notte di sesso, perché mette a dura prova le velleità di un cuore. Ho sentito in ogni angolo del mio corpo che avrei voluto amarti, onorarti e rispettarti, per tutti i giorni della mia vita. Lo giuro.

Le mie emozioni sono state lì a pezzi, spaventate, in un silenzio quasi irreale per il mio tempo. È accaduto spesso, ultimamente. Solo tu sei rimasta in piedi, davanti a me, tra quelle macerie innamorate. Perché tu sei sempre stata la mia casa, quando fuori imperversava la tempesta; tu sei sempre stata la mia aria, quando la vita si incendiava e copriva ogni cosa di fumo nero e denso; tu sei sempre stata il mio dedalo privilegiato, anche quando nascondevi la via d'uscita, confondendomi sulla direzione che porta al tuo amore. Tu sei il fiore che cresce senz'acqua sulle sponde aride del mio tempo; sei la luce che spazza via la paura; sei la speranza che cicatrizza le delusioni.

Ogni notte alzo i pugni al cielo, in segno di vittoria, mentre il sale della sconfitta brucia sulle mie ferite. Mostro orgoglioso il cuore e i tendini, urlo a squarciagola di aver sempre lottato per te, consapevole di non averlo fatto mai. Poi inizio a pregarti, come se fossi una divinità greca, nel silenzio più profondo. In modo che anche al cielo battano forte le tempie.

Ho creduto di amarti per una vita intera, questo è quanto. Era un'emozione talmente lastricata di buone intenzioni da sembrare davvero un vangelo. Ti immagino ancora distesa sopra un mare pregiato, profumato di tempesta. Ricordo quando ti vedevo come la più bella, quando nient'altro avrebbe mai potuto essere abbastanza importante per me. Ricordi rimasti utopie, nascoste come ombre e segreti, tra l'estate e l'inverno. Posso ricordare ognuna delle notti in cui non sei stata mia, impresse nella mia anima inquieta come piccoli tatuaggi sperimentali. Avrei voluto fare l'amore con te, arrivando a ridere e piangere di gioia, sentendomi libero di esistere, nel nostro legame infinito. Ricordo i tuoi occhi, profondi e ipnotici come poesie di Verlaine.

Provo a perdermi in quel velluto ogni volta che ti osservo, attraverso una fotografia ormai sbiadita. Arrivando in un nuovo mondo, in cui potermi sentire felice.

Un Eden, un'evasione, un sogno. Tutto ciò che mi rimane di te.

Ora attendo solamente che il vento scivoli tra le dita e tra i capelli, accompagnando questa pioggia fredda, che bagna le mie lacrime, e che mi trascina sempre più a fondo, come fosse di cemento.

Ora che il sole è un fuoco spento, questo silenzio mi taglia il cuore, lacrime e foglie su un pavimento di ricordi che, per un motivo o per l'altro, sbiadiscono. È il disincanto di un tramonto, forse troppo violento per questo amore. Un amore che non è amore, complesso come uno studio sui pianeti. Le mie emozioni così si sono spente, come le fiamme sottili di un fuoco esausto. Volano ancora elegantemente, poesie di un altro tempo, distanze contemporanee.

Fuori da questa mia finestra si prepara a piovere, così accendo una sigaretta e fumo con avidità, mentre queste angeliche e antiche passioni si confondono, tra le ombre della mia mente. Credo siano pronte a entrare, è molto tempo che le aspetto, e ho paura che sia troppo tardi.

Ogni cosa è fuori posto e io non trovo le risposte, tu sei lontana, e so che hai ripreso a sorridere, dopo l'ennesima storia finita male. Ti cerco ancora, tra i miei demoni, chiusa a chiave nel mio tempo migliore, tra le spine del mio mondo. Sento il tuo respiro diventare vapore, mi brucia il cuore, e gli occhi. Proprio come una volta, la pioggia mi pervade, con il suo rumore da sala d'incisione. La sento bagnare la terra, la mia sigaretta e i pochi sogni che mi sono rimasti. Affinché trovi finalmente la forza per poterti dimenticare, l'unico antidoto a questo non-amore.

Una delle mie canzoni preferite recita una frase al suo interno: *Vedi mai una stella cadere, e non ricordi cosa desiderare?* In questo giorno dedicato a noi due, posso dire di ricordarlo, e di averlo sempre fatto.

Perché sento che, finalmente, ogni cosa si adagia al proprio posto, e mi permette di legare, a doppio nodo, la mia vita alla tua. Questo è, da sempre, ciò che ho desiderato, dal primo istante in cui sei stata mia.

Perché quando ti guardo negli occhi, vedo la fiamma di questo amore illuminare il buio e riscaldarci il cuore, donandoci forza e protezione, unione ed equilibrio. Tutto ciò che vorrei, semplicemente, è che questa fiamma possa ardere per sempre, e che non si spenga mai, per renderci entrambi felici.

Perciò io ti accolgo come mia sposa, e prometto di esserti fedele sempre, nella gioia e nel dolore, nella ricchezza e nella povertà, nella salute e nella malattia, e di amarti, onorarti e rispettarti, per tutti i giorni della mia vita, finché morte non ci separi.

La vita è breve. E crudele. E meravigliosa.

MI MANCA IL SOLE

Piove da una settimana, e mi sono barricato in casa, a lavoro mi sono dato malato, e conto di non uscire finché il tempo non si sarà rimesso. Passo la maggior parte del mio tempo nel silenzio costruito intorno alla mia scrivania, facendo la spola tra la cucina – per un caffè ogni paio d'ore – e la grande finestra del mio studio, per vedere se il *grande diluvio*, come chiamano questa infinita e violenta perturbazione, si degni di lasciare spazio a una sospirata tregua. E con la scusa, per fumare una sigaretta. Getto un'occhiata fuori dallo spesso vetro, e sbuffo fuori dallo spiraglio tutta la mia frustrazione, mista a fumo denso, caratteristica tipica nel tabacco senza additivi. Sembra di essere a Londra. Piove e non accenna ad arrestarsi, anche le mie articolazioni ne risentono, tra noia e sonnolenza. Ogni goccia lentamente si infrange e scivola contro gli spessi vetri, da una parte, mentre il mio respiro li appanna, dall'altra. Sembra una partita a scacchi, dove posso solo perdere.

È quasi un viaggio da fermo, fino al termine della vita, la mia mente sembra avermi già abbandonato, uscita da questo appartamento, volata nei cieli più scuri e piangenti. Le mie emozioni sono lì in vista, come una ferita profonda, tanto da poter vedere anche l'interno del torace. Proprio lì, dove tramonta il sole. Sole restano anche le mie parole. Parole nuove, che sono già svanite, in una rapida evaporazione. Vorrei che tu fossi qui. Vorrei che tu mi baciassi, anche se piove.

Profumate canzoni illuminano menti asciutte. Angeli trasformisti colonizzano metropoli incompiute. Inaspettate stelle coltivano sogni ancora giovani. Rifletto in questo cielo le mie contraddizioni, spero anche oggi in un giorno migliore. Vorrei correre in prati verdi di margherite e respirare ciò che mi ha cambiato alla radice. Mi parlano le ginestre e le rose in fiore, chiudo spontaneamente gli occhi, in modo che tutto ciò che sento si amplifichi al mio interno. Anche la sigaretta che tengo tra le dita perde il rosso vigore. La verità è che sento di avere così tanti tagli sul cuore, che ho scoperto di aver terminato ago e filo, per poterlo rimettere in sesto. Sono rimasto solo, al centro del *grande diluvio*, a rimembrare il tempo e le sue ruggini. Tuoni frequenti come battiti cardiaci, fulmini che riportano alla luce, a intermittenza, reazioni violente e bellissime. Preghiere verso quel cielo, verso di lei, e poi uno sguardo verso quella chitarra elettrica abbandonata sul pavimento. Ho recitato una canzone senza rime, mentre la notte si portava appresso il temporale, abbracciandolo da dietro. Sono rimasto solo, e finalmente l'alba ha iniziato a brillare, in modo che l'ultima immagine nitida di lei potesse finalmente allontanarsi, dileguarsi come una nuvola estiva, verso nord: verso le spiagge. Vorrei che tu fossi qui. Vorrei che mi baciassi, anche se c'è il sole.

Metto rivetti nuovi sui bordi del mio cuore d'oceano, per tenerlo fermo al suo posto, durante l'alta marea. Ogni onda sembra un'insana idea di pace e serenità, e rischia di portarmi via, nei bagliori che si fanno spazio tra il giorno che vivo, e quello successivo. Non provo panico quando sono solo, ma ho ansia in mezzo alla gente; non provo panico nel buio della notte, ma sento ansia nelle giornate di sole. *Ogni cosa a suo tempo*, diceva l'uomo senza futuro, un personaggio creato dalla mia fantasia — quand'era ancora feconda. Continuava a ripeterlo come un mantra, come se un domani, in realtà, non ci fosse. E infatti era proprio così, perché il domani lo crei nel momento in cui apri gli occhi, alle prime luci del mattino. L'uomo senza futuro ero io, e forse lo sono ancora.

Perché questa vita blu mi ingoia, dai confini dell'infinito. Vorrei volare, cercando un mondo nuovo, ma resto sempre a terra. Goethe diceva che *nel momento in cui uno si impegna a fondo, anche la provvidenza allora si muove, e infinite cose accadono per aiutarla, cose che altrimenti non sarebbero mai avvenute*. Il problema è che ho smesso di sognare, quindi l'audacia rimane un foglio bianco in un angolo della mia scrivania. Guardo di nuovo fuori dallo spesso vetro che illumina il mio studio, e soffio fuori dalla finestra, finalmente spalancata, tutta la mia rabbia repressa, ombrosa, vulcanica. Comuni reazioni improprie, per la primavera ormai alle porte. Attendo quello zefiro, come se fosse l'ultima corsa della mia vita, che trascina le farfalle, e le tempeste. E l'oblio.

Ciò che voglio è semplicemente vivere e morire, ma la verità sta nel mezzo, sotto un salice piangente, o dietro a una lacrima di troppo. Ciò che voglio è vivere e svanire, come un soffio d'inverno, aprire le ante del cuore, e finalmente, poter cambiare l'aria. Renderla nuova, come vorrei essere anch'io, perché ciò che desidero è vivere e respirare, abituarmi a te, mentre ogni cosa prende la tua forma, facendomi guarire dal dolore. *Ciò che voglio sei tu*, e sembra davvero un verso di John Lennon. Apri le porte del tuo amore, dammi il benvenuto, e regalami questa notte. La prima notte di pace di tutta la mia vita.

Spoglia la mia mente, e metti anche lei a suo agio, accendi qualche candela. Le stelle che vedremo stanotte potrebbero non essere le stesse di domani. Scopri la mia mente tra i fumi dell'incenso, cospargila di petali di rosa, e baciala delicatamente, mentre si arrende alla tua bellezza. Ama la mia mente, di fronte al mare in tempesta, da questa finestra chiusa sentiremo soltanto il sibilo del vento, che filtrerà sotto le fessure e sotto i battiti del nostro cuore. Lo sentiremo schioccare le dita, come se tenesse il nostro tempo, come se ci stesse ascoltando. Immergi la mia mente nell'acqua più fresca, perché brucio d'amore, anche il mio corpo sembra ormai abbandonarmi. Sogni e ricordi si posano come polvere sulla mia pelle, e si intrecciano, per non tornare più. La notte ci osserva dall'alto, e ci dona un ultimo bagliore prima di concederci il sonno. I sogni a cui ho dato fuoco non si sono ancora spenti. Tu profumi come un fiore e mi segui con lo sguardo, mentre volteggio in questo cielo intatto, brillante di ossessione, felice come un bambino a cui hanno reso il tempo. Ti tendo la mano, tu la afferri e voli via con me, tagliamo in due le nuvole, sfioriamo le labbra delle stelle. C'è ancora tanto tempo per noi, in questa notte baciata dalla luna.

Il mio amore per te scorre tra aranci e ulivi, su campi interminabili dove danzano soltanto i sospiri. Il cielo si apre e si chiude, come un ventaglio azzurro, pioggia fresca lo esalta, vento trasparente lo increspa. Ascolta questo silenzio, sembra diventare una musica, portata dal vento dell'Est, per gravitare su cuore, cristallo e pietra. Il mio amore per te è un punto lontano, che puoi osservare quando vuoi, mentre cerchi l'aurora: ti chiedo soltanto di non confonderlo con il sole, quando lo farai. Nei tuoi occhi splendenti la mia anima vuole ancora giocare, aspettando la resurrezione, intrecciando foglie di menta, e ortensie. Finché non arriva la sera, dove ti confondi con la luna maestosa. Come sei bella, nella nostra casa, vestita di bianco.

Ha smesso di piovere da una settimana, non ha più senso soffrire così, è tempo di una sospirata tregua. Sono troppo debole per vivere, ma troppo forte per morire, non riuscivo più a dormire e gli incubi si facevano realtà. Cercavo un colpo per farla finita, e concludere la mia storia in un modo tanto meraviglioso, quanto romantico. Lasciato sulle rive di un fiume, così che fosse la corrente a portarmi via. Morire così, quando si è già morti dentro, probabilmente non fa nemmeno tanto male.

IL GIOCO DELLE PERSONALITA'

Avevo appena finito di scrivere un romanzo fantastico, un classico totalmente originale e di pregevole fattura, ero in un immenso prato costellato di fiori di ogni colore che danzavano al tocco dolce del vento, attraversato da un sentiero sterrato che sembrava prendersi la sua verginità. In quel luogo, dopo la mia ultima fatica poetica, volevo staccare la spina dal mondo. Era una splendida giornata di sole, nascosto talvolta da nuvole curiose bianche e soffici pronte a sottrargli la scena.

Dal passaggio antistante si incamminava verso di me una ragazza bellissima, e ogni suo passo portava un nuovo raggio di sole a quel campo, vestita con un paio jeans e una maglietta rossa che non davano più segreti alle sue forme.

I suoi capelli neri oscillavano fino alla schiena con sobrio erotismo, fino a toccare una cintura bianca che sapeva di castità. Ma era talmente incantevole che anche il sesso passava in secondo piano.

Si avvicinò, ignara di chi fossi. Teneva tra le mani un libro. Sembrava pesante, aveva la copertina di un colore ocra dannatamente affascinante, e la rilegatura dorata gli regalava un tocco di antichità. La ragazza mi sorrise cercando il mio interesse, aprì il libro con cura e iniziò a leggere.

La sua voce era ipnotica, dalle sue labbra carnose uscivano parole bellissime, pensieri profondi e storie di vita. Rimbalzavo tra i suoi capitoli con spiccata vitalità, i miei sospiri addormentati fecero il resto. Ma qualcosa mi prese alla sprovvista. Avevo l'impressione di percepire in lieve anticipo ogni sua delicata parola, ogni frase. Ogni volta che prendeva fiato per iniziare ogni paragrafo, mi rendevo conto che ero io dal centro del mio sogno a improvvisare ciò che lei, di lì a poco, avrebbe pronunciato.

Ci guardammo negli occhi, le feci notare la mia sensazione, e la mia situazione di narratore-suggeritore inconsapevole. Lei rimase in silenzio e, in netta difficoltà, legò i suoi capelli lisci come seta. Le chiesi di farmi vedere il libro, ma non accettò. Disegnò un sorriso traditore. Nello sporgermi per controllare quelle pagine, la ragazza coprì il seno, equivocando, ma sono riuscito a vedere oltre le sue mani. Erano soltanto fogli bianchi.

Entro nel vivo nel gioco delle personalità, la mia appare sempre più indecifrabile, e non ne capisco i motivi. Sono sempre lo stesso eppure vario di frequente, forse troppo, come se mi guardassi attraverso un caleidoscopio.

Mi piace considerare che il giorno della nascita sia l'ultimo di vera libertà. Mi piace pensare di dire sempre cose giuste, fuori dal tempo e dalla moda. Mi piace l'idea di avere una finestra nella mente, dalla quale mettere ad asciugare ogni tipo di dolore.

Poi quel dolore lo ritiro dal filo, lo stiro, lo piego, lo rendo perfetto, lo indosso, e calza a pennello, andandosi a scontrare con tutto ciò che sono, che amo, che amo essere. Spesso mi fa stare male, mi fa venir voglia di piangere, ma non cambierei mai. Forse è proprio per questo dolore che mi amo, odiandomi, e che mi odio, amandomi. È il mio cliché, leggerezza intima. La vita è effimera, proprio come me, e spesso mi illudo di poterle stare dietro. Il gioco delle personalità mi elude, non è mai stato il mio forte.

Ho perso anche stavolta, tra questi Cieli di Valium.

Tuoni e fulmini scaglieranno ancora la loro forza incandescente, facendomi tremare dall'interno. Nel fragore di quel potente abbraccio la natura si risveglierà dal suo sonno, mostrando al mondo il suo eterno trionfo, per ispirarci ogni giorno e ogni notte.

Cali pure il sipario.

INDICE

Cieli di Valium

di Alessio Miglietta

Sito web ufficiale: www.cielidivalium.blogspot.it

Contatti: info.cielidivalium@gmail.com

Edizione 2023